qa
文庫

匣《はこ》庭《にわ》の恋人

斉河燈

イースト・プレス

contents

プロローグ

生まれたときから、亡き人に恋する運命だった。

輪廻《りんね》と呼ぶにはあまりにも新鮮で、生々しい前世の記憶が織江《おりえ》の中にはある。

雨上がりの森に充満《じゅうまん》していた、むせ返るような土の匂《にお》い。苔《こけ》むした地面にぽつぽつと落ちていた、夏が置き忘れたような強い木漏《こも》れ日。そうして足元に気を取られていると鼻先を雫《しずく》がかすめ、見上げれば、常緑樹《じょうりょくじゅ》が視界を乱雑《らんざつ》に塞《ふさ》ぐ。

『こっちだ。けもの道を抜ければ勾配《こうばい》が緩やかになる。あと少しの辛抱だから』

屋敷の敷地内から出たのは、あのときが初めてだった。

眩暈《めまい》がするほど苦しいのに、胸は喜びに満《み》ちてゆく。朽《く》ちた木の葉を踏みしめるのが、あんなにも心を沸《わ》かせる行為だなんて、それまで知らなかった。

生まれたての赤ん坊はきっと、こんな気持ちで泣くのだ。自分だって同様に、生きている実感に声を上げて泣き出してしまいたいくらい。そう思うのは、喉《のど》が乾燥して詰《つ》まりそうになるのが、嗚咽《おえつ》するときと似ているからかもしれない。

周囲を見回して落ち着かない少女を、先行く男は切実そうに急《せ》かす。

『急げ。早く！』

何故《なぜ》こんなにも急ぐ必要があるの？

説明を求めようにも息が整わない。屋敷を出てからというもの、いっぺんも休む機会がなかったのだから無理もない。ぜいぜいと肩で息をする自分を、彼は繋いだ右手をぐいぐいと引っ張ってまだ急かす。

『あの、待っ……て、お、お願い、苦しいの』

訴えて速度を緩めようとしたが、させてもらえなかった。振り返った彼の胸元、白い服の開襟部《かいきんぶ》で翡翠《ひすい》色の石がきらりと光る。勾玉《まがたま》の形の首飾りだ。それは表面に花の彫りものが施《ほどこ》された特徴的なものだった。

『あと少し耐えるんだ。一刻《いっこく》も早くこの林を抜けなければ、捕まってしまう』

何に捕まるというのか。捕まることが何を意味するのか。捕まらなければどこへ辿《たど》り着くのか。すべてが理解の範疇外《はんちゅうがい》にあって、想像すらできなかった。

あの頃の自分は、なんと恐れを知らぬ無邪気な少女だったことか。

『いたぞ！』

後方から知るべの声がする。自分たちを追ってきたのだ。それは彼が深刻そうに顔を歪《ゆが》めたことからも察せられた。

途端に急き立てられている気持ちになり、彼の手を握る右手に力がこもる。

（……こわい。でも行きたい）

どれだけ必死で逃げただろう。履き慣れない靴《くつ》を失《な》くし、喉の渇《かわ》きに耐えきれなくなった頃、ようやく辿り着いたのは浜辺だった。

波間に陽の光をこまかく反射するまばゆい海。砂浜はこの世のものとは思えないほど真っ白で、まるで天女が羽衣を敷いたように見えた。

こんなに綺麗な景色がこの島にあったなんて思いもしなかった。そんなことを考えて油断した隙に、びゅっ、と鋭い音を立てて体の左を何かがすり抜けた。

弓矢だ。風圧に驚いて身を屈《かが》めたのも束《つか》の間、左の二の腕が熱くなる。見れば、薄茶色の袖が赤々と血の色を滲《にじ》ませている。

『あ……っ』

矢に掠《かす》められたのだ。自覚した途端に痛みが込み上げてくる。思わずくずおれれば、男がすかさず受け止めてくれた。仰向けで抱きかかえられると、がっしりした腕にこのうえない安心感を覚える。

『大丈夫か!?』

『……、っん』

立ち止まっていては追っ手に追いつかれてしまう。あなただけでも行ってと続けて言いたいのに、全身が急激に怠《だる》くなって声が続かなかった。

『ごめん……ぼくはきみを、ただ、……』

寒い。目の前が霞《かす》んできたのは気のせいではないだろう。

涙が零《こぼ》れて目尻を伝っても、視界はまだ歪んだまま。彼の顔は、薄ぼんやりとした丸いものにしか見えなくなってゆく。

『頼みます。彼女を死なせないでください。お願いです』

大丈夫よ。私は平気。けれど答えが言葉にならない。腕一本、自分の意思では持ち上げられない。まるで闇の中にだくだくと意識が流れ出してゆくようだ。

その意識は視点となり、ふっと舞い上がると砂浜を俯瞰《ふかん》する。

追っ手が間近に迫《せま》っても、彼は慟哭《どうこく》して女の体を抱きしめたまま。こぼれ落ちてゆく生命をかき集めるように、強く両腕に力を込める。

そして叫ぶのだ。

死ぬな。こんな理不尽がまかり通ってなるものか。おまえはわたしと行くのだ。そうだろう。ああ、いやだ。別れとうない。呪ってやる。この島を、呪ってやる——。

千年以上も前のあの別れを、織江の魂は今も引きずっている。

＊

時は流れて昭和《しょうわ》もすでに十余年。

　二度目の大戦が現実みを帯《お》びてきた昨今、国内ではまるで意識して不穏な空気から目を逸《そ》らすかのように、ことのほか陽気な空気が漂《ただよ》っていた。

　都会では女性が男性と同じように自転車に跨《また が》り、ジャズを嗜《たしな》みダンスホールに集う。映画やデパートへ繰り出すのも週末の楽しみのひとつだ。

　鉄道は地上のみならず地中にも潜って走り、大勢の人で賑《にぎ》わうのだという。車も列をなして川のように流れ、人々は次々に場所を移動してゆく。実際にその様子を目の当たりにしてきた妹の口から聞かされても、織江はまだ信じられない思いだった。

「海の向こうは別世界なのね……」

　歩きながら白いブラウスの胸に手をあてて驚く織江を、妹の典子《のりこ》はからからと笑う。紺色のワンピース姿で、肩までの真っ黒な髪を揺らして。

「いやだわ、織江おねえさま。東京なんて、エンジン付きの乗り合い船で一時間もあれば辿り着ける場所よ。同じ日本なのだし、別の世界なんかじゃないわ」

「でも、私には想像もつかないんだもの」

　この土地……横須賀沖《よこすかおき》の小島を出たことのない織江には、夢物語にしか聞こえない。鉄道と言われても、咄嗟《とっさ》に思いつくのは子供向けの本で見た画家の習作《しゅうさく》みたいな鉛筆画だけ。

　ため息をこぼすばかりの姉に、妹は十五歳らしい無邪気な仕草でバッグを示す。

「そうおっしゃると思ってね、わたし、新聞の切り抜きを本島から持ってきたの。叔父《おじ》さまのお屋敷にいる間、織江おねえさまのために珍しい記事をたいそう集めたんだから」

典子は女子学習院に通うため、数年前から東京にある叔父の屋敷に下宿していた。叔父は独身だがあちらに大きな屋敷をかまえており、この島と本島とを行き来して生活している。今日は、とある事情で臨時《りんじ》に帰島したのだった。

本島への下宿は、数年前に大学に進学した兄も同様に辿っている道。

だが、体の弱い織江には縁のない話だ。

抜けるように白い肌と、華奢《きゃしゃ》な体つき。腰まであるやや色素の薄い髪に、迷いながら色をつけたようなブラウンの虹彩《こうさい》。控えめな鼻と唇があいまって、織江の外見はしばしば白ウサギに喩《たと》えられる。

真っ白な毛皮が他の色に染まりやすいように、織江は病《やまい》をもらいやすい体質だった。熱も腹痛もできものも、兄妹が罹《かか》れば必ずといっていいほど感染する。そうして寝込んでばかりいたから、体力がつく道理はない。

ゆえに高台のお屋敷内からほとんど外へ出されず、読み書き算盤《そろばん》も家庭教師から習った箱入り中の箱入り娘――それが戌井《いぬい》織江、この島を所有する戌井家の長女なのだった。

「喫茶店《きっさてん》に着いたら見せてさしあげるわね。ちょっと艶《つや》っぽい写真もあるのよ。織江おねえさま、きっと驚いて知恵熱を出すわ」

「そ、そんなに世間知らずじゃないわ！」

「それは切り抜きを見てからおっしゃってね」

典子が今日、一時的に帰島したのは織江が明日で十八歳を迎えるからだ。それは戌井家のみならず、島全体にとってもとても重要な意味のあることだった。

「……ねえ典子ちゃん、本当にいいの？　喫茶店もだけれど、新聞や雑誌というのは低俗だから絶対に見てはいけないって、お父様から言いつけられているのに」

「やあね、おねえさま。だからわざわざ外へ繰り出したんじゃない。お父様には内緒よ。お兄様にも、お母様にも。今日のことはおねえさまとわたしだけの秘密」

「……秘密」

「そう、ふたりっきりの秘密なの。いいでしょ」

会わない間に十五になった典子は、以前にも増してしっかりした気がする。もともと姉である自分より利発だったが、さらに磨きがかかったようだ。目立つ顔立ちがますますはっきりして、自分と血が繋がっているとは思えないくらい美人にもなった。妹の成長を頼もしく思いながら、織江は「わかったわ」と頷く。

歩いて外出するのは久しぶりだ。運転手付きの車でなら何度か出掛けたが、自分の足で散歩するなんて危ないからと止められて、もうふた月はしていなかった。

今日だって、屋敷の外に出たいと言い出したのが織江なら反対されていたに違いない。だが、今回の外出を提案したのは典子だった。一旦言い出したらきかない次女の性格を重々承知していて、両親は許可をくれたのだと思う。

並んで歩く細道の先に、やがて商店街が見えてくる。裏道へ逸れればすぐ林という拓けきれないその遊興場《ゆうきょうば》は、飲食店と商店が数軒並んだだけの質素なもの。それでもこの場所は、島で一番栄えている。

主に漁師《りょうし》が立ち寄るためか港に近い立地。織江が住む高台の屋敷からは徒歩で十五分ほどの距離がある。だからこそ典子は、父親の目が届かないと踏んでこの場所を『ふたりの秘密』の舞台に選んだのだろう。

「――いらっしゃい」

煮出しすぎたような麦茶色の扉を開くと、迎えてくれたのは男の声と煙草《たばこ》臭さだった。

喫茶店は不良《ふりょう》の社交場だと聞いて育った織江は、当然初めての入店だ。父に知られたら何と言われるだろう。心配性の母には泣かれるかもしれない。緊張と後ろめたさが入り混じって、まともに店主の顔も見られない。

だが典子は本島で同じような店を訪ねた経験があるらしく、慣れた様子で隅のテーブル席をとると手招きして織江を急かした。

(いつもお父様が連れて行ってくださる小料理屋とは、まるで違うわ)

読み込まれた雑誌が並ぶ書棚も、サイフォンが置かれた木のカウンターも、散らかっているわけではないのにどこか雑然《ざつぜん》としている。客席はカウンターの三席以外に、円形のテーブル席が三つ。それだけで椅子にのびのびと座ることもできず、そこへきて空気が淀《よど》んでいるから、空間は割り増して狭く感じられる。

「コーヒーをふたつね」

オーダーをする典子を横目に、腰を下ろしてもまだ落ち着かなかった。そわそわと店内をうかがい、他のお客を見回してしまう。

そこで織江の体はぎくりと強張った。

こちらに背を向け、椅子に座っている女性の向こう。日焼けした若い男が、女の肩越しに織江をじっと見ていた。

――どうしてあの人がここに。

癖のある黒髪に口角の上がった唇。粘度さえ感じるような、密度の高い色気。美しい男はいくらでもいるが、彼ほど妖艶《ようえん》という言葉が似合う男はこの島にはほかにいない。絡《から》んだ視線を引き剝《は》がして、織江は焦点をテーブル上に結ぶ。

陣宮司君彦《じんぐうじきみひこ》。彼にだけは会いたくなかった。

「でね、本島では今、探偵小説が流行っているの。怪人二十面相《かいじんにじゅうめんそう》と明智小五郎《あけちこごろう》。わたしはだんぜん、二十面相びいきよ！」

「……そう」

「どうしたの、おねえさま。元気がないわ」

「う、ううん、そんなこと。お話の続きを聞かせて？」

「わかったわ。あのね、二十面相さまは変装の名人なのよ。悪役だけど美学があってとても人気なの。信念に従うってすてきね」

忘れようとしても、男の粘着質な視線は織江に絡みついたまま離れない。女連れにもかかわらず、ひたすらにこちらを見つめている。舐《な》めるようなその凝視《ぎょうし》には、背筋をねっとりと逆撫でされているようで鳥肌《とりはだ》が立つ。

（やめて……見ないで……）

織江は俯《うつむ》いて震《ふる》えてしまう。今すぐ店を出たいが、何があったのかと典子に勘繰《かんぐ》られるのが怖くて動けなかった。誰にも知られたくない。こうして君彦から意味深な視線を向けられるのが、初めてではないことなど。

以前屋敷の側で出くわしたときも、家庭教師を見送りに門を出たときも、一週間前、船で帰島した兄を迎えに行ったときも、君彦は織江を見ていた。

織江は普段、戌井家の屋敷からほとんど外へは出ないのだが、出れば高確率で彼と出会う。そのたびにあの真っ黒な瞳でじっと見つめられ、何度萎縮したかわからない。

彼の視線は値踏みするというより、じっくりと機《き》が熟すのを待つ者の視線だ。熟した途端もぎ取られそうで恐ろしくて、ぞっとする。

「ねえ、君彦さん。わたしの話、聞いていらっしゃる？」

男の気が逸れていることに気づいたのか、女が不機嫌そうに問う。幸いだったのは、視線の先に織江がいると知られなかったことだ。応《こた》えて視線を女に戻した君彦は、それまでの熱っぽい表情が嘘のように、爽《さわ》やかに笑う。

「ああ、聞いてるよ。きみの言うことは、なんだって聞いてる」

「本当かしら」

「当然だよ。そうやって拗《す》ねた顔も可愛いから、からかってみたくなるんだ」

テーブルの上でふたりの手が重なる様が見える。どこからどう見ても仲の良い恋人同士だ。織江は複雑な気持ちで太ももの上に置いていた両手をぎゅっと握りしめた。

——最低よ。

君彦は本来ならば、神聖な立場にあるはずの男だ。この島の信仰に大切な役割を持つ祭《さい》司《し》の家系、陣宮司家の長男。年齢も二十二と、とうに所帯を持っていてもおかしくない。だが、彼は失格者としての烙印《らくいん》を押されたはみ出し者だ。

こうして次から次へと女に手を出すふしだらな性質ゆえ、長男でありながら祭司の資格を剥奪《はくだつ》されたと聞く。神聖なる職に相応《ふさわ》しくないと周囲が判断したのだろう。そんな話もあって彼の視線は余計に俗っぽく、下卑《げび》たものに感じられるのかもしれなかった。

(それだけじゃないわ)

あれはたった一週間前のことだ。

『織江さん、ぼくと駆《か》け落ちしないか?』

臨時で帰島する兄の到着を港で待ちわびていたとき、彼は織江に近づいてきてそう誘った。運転手が用を足すために車を降りた隙の、ほんの数分の出来事だった。

『この島を出て、一緒に本島へ行こう。不憫な思いはさせないよ』

突然何を言い出すのだろうと、眉《まゆ》をひそめずにはいられなかった。

君彦は織江にとって、単に不快な視線を送ってくるというだけの男。父からも、失格者である君彦とは決して関わるべからずと言われている。だいいち、駆け落ちを提案されるだけの関係が自分たちの間にあるとは思えなかった。

『い、いいえ。私には、決めた人がおりますから』

織江は首を左右に振った。口から出まかせの言い訳ではなかった。

『……マレビト様のことかい？』

静かな問いに、ひとつ頷く。

千年以上前、浜辺に流れ着いた男――マレビト様。

それは、この島で信仰されている神の名でもある。

エンジン付きの船など存在しない時代、島は閉鎖的でほとんどの住民が血縁関係にあった。年頃の男女の数が限られているのだから、近親婚は避けられない道だ。

すると血が濃くなりすぎぬよう、他所《よそ》からやってくる人間の種が必要になる。船が難破《なんぱ》したり、潮に流されたりしてよそ者の男が島に漂着《ひょうちゃく》するようなことがあれば、島をあげて喜んだ。そしてその男をマレビト様と呼び、若い娘に閨《ねや》でもてなしをさせたのだ。

新たな血を持つ命をいただくために。

織江には不思議なことに、当時の記憶がある。織江が織江としてこの世に生まれる前。前の人生でマレビト様と呼ばれる男に恋をした記憶が、幼い頃からずっとある。

『そうよ。私、小さな頃からずっとマレビト様だけを想ってきたの』

『小さな頃から？　本当に？　いもしない人間に懸想《けそう》するなんて、おかしいと思わないのかい？　その気持ちは錯覚だよ』

『そんなことないっ！』

マレビト様への気持ちは錯覚なんかじゃない。

織江はかつて前の人生で、彼の命を救おうとした。島民が彼の持ち物を奪うため、結託《けったく》して彼を亡き者にしようとしていると知り、ふたりでこの島から逃げようとしたのだ。

彼が大切だった。ともに過ごしたひと月の間に、失えない人になっていた。

だが、結局逃亡の足を引っ張ったのは自分だった。浜辺に出たところで島民の放った矢を受け、動けなくなったのだ。置いて逃げてと懇願したかったが声にならず、彼は日本刀で斬《き》りつけられて亡くなった。自分、もろとも。

『私は……私は心からマレビト様を愛してるわ。この気持ちは確かよ』

ムキになって言い返す織江を車外から見つめる君彦は冷静だった。暗闇の中で静かに獲物との距離を詰める獣《けもの》のように、不気味なほどに。

『へえ。じゃあきみは、その愛しいマレビト様の顔を思い浮かべることができるの？』

反論が喉の奥でつっかえる。マレビト様のことは知っている。だが、具体的に顔をと言われると、ぼんやりと丸いおぼろ月のようなものしか想像できない。

（そういえば、どうしてかしら……？）

恋した人の顔がわからない。その事実は織江の胸にささやかな波紋を広げた。

千年以上も前の記憶だから薄れてしまったのだろうか。だが、彼の声なら覚えている。

倒れた自分を抱きかかえ、泣き叫んでいた彼の声なら。

考え込む織江に、君彦は畳みかける。

『本当のきみはもっと、生きることに貪欲《どんよく》なはずだ』

彼の視線はまだ、じっとりとこちらに向けられている。

『死んだ男に心を奪われて、生への執着を失うような人間ではないはずだ』

何故そんなことを言われるのか、織江にはわからなかった。彼が私の何を知っているというのだろう。時折すれ違うだけで、これまでほとんど言葉を交わしたこともなかったのに。それでもこちらを見つめる黒い瞳には渇望《かつぼう》のようなものが表れていて、単に織江をからかうためだけに彼がそうしているとも思えなかった。

まるで彼だけが本来の織江を知っていて、それを欲しているかのような――。

「……さま、織江おねえさまったら！」

典子に呼ばれて我にかえると、テーブルの上には新聞の切り抜きが並べられている。白いカップに注がれたコーヒーもだ。いつの間に運ばれてきていたのだろう。

「わたしの話、聞いていなかったでしょ」

「ご、ごめんなさい、ぼうっとしていて」

「もう！　ちゃんと集中して。こんなふうにお喋りしたりできるのは、今日が最後なんだから。二度と……ないんだからね」

むくれながらも寂しそうな声で言われて、織江は思わず妹の頭をそっと撫でた。細い髪が指先に絡む。頼もしく感じられたばかりの妹は、今はただ心許ない。

「悲しまないで」

「……無理よ。明日で会えなくなるなんていやよ。おねえさまともっと、ずっと一緒にいたい。もっと喫茶店でおしゃべりしたり、本島へ行ってデパートでお買い物もしたい」

「許してね。やっと時が来たの。彼に逢いに行けるのよ」

「でも……でもっ……」

妹は肩を震わせ、みるみる涙ぐんで顔を歪めた。

「マレビト様が憎いわ。わたしのおねえさまの命を、奪って行ってしまう……！」

こんな別れがあることは承知していたはずだった。わかっていてなお、織江はこの島における重要な役割を引き受けたのだ。それなのに、遺《のこ》される者の悲しみを目の当たりにすると名残惜しくてたまらない。別れを納得することと、寂しさを消すことは同義ではない。

「ごめんなさい、典子ちゃん。それでも私、マレビト様の側に行きたいの。彼は今もひとりで私を待ってるわ。そう思うといてもたってもいられないの」

「どうしておねえさまなの……十八歳の女の子はほかにもいるのに、どうして」

啜《すす》り泣く典子にハンカチを差し出して、織江はごめんねともう一度詫びた。

「私から申し出たのよ。生贄《いけにえ》になって死にたいって。マレビト様との記憶を持つ私なら、彼の怒りを永遠に鎮《しず》められるかもしれないからって。そうしたらもう二度と、こんなふうに悲しむ人もいなくなるはずだもの」

マレビト様に捧げられ、この土地で死んでゆく。それこそが、自分がこの世に生まれた理由だ。でなければ同じ島に生まれ、同じ記憶を持ち、同じ人を同じように愛したりはしない。そう、織江は信じている。

テーブルに広げられた新聞の切り抜きを眺め、思うのは海の向こうの別世界だ。自転車に跨る女性にダンスホール、ジャズ、探偵小説――。

その断片は何ひとつ、織江の頭の中で繋がらない。この島と同じ国の出来事だとも思えそうにない。すべてがばらばらのまま、ガラスの欠片《かけら》のようにきらきらと光って見える。

逆に、本島の人間からすると、この島はさぞや混沌《こんとん》として見えることだろう。

そう思って、目を伏せて、織江は明日散る我が身にそっと胸中で別れを告げた。

1章

翌日、島の高台に建つ戌井家の邸宅《ていたく》はおおいに賑わった。

織江の十八の誕生日、そして生贄の儀式の開催を祝う宴だ。屋敷では昼間から酒や祝い料理が振る舞われ、大勢の島民がひっきりなしに出入りした。

屏風《びょうぶ》の前に座る織江に、皆、笑顔でおめでとうと言葉を掛けてくれる。獲れたての魚や鹿《しか》を差し入れる者もいて、誕生日というよりさながら婚礼《こんれい》の宴だ。

地主《じぬし》の娘とはいえ、これほど盛大な祝いの席を設《もう》けてもらったのは初めてで、織江は素直に嬉しかった。こんなに盛大に祝ってもらったうえで、愛しいマレビト様と再会できるなんて有《あ》り難《がた》い以外の何ものでもない。

「お嬢さま、身を清める時間です」

中年の使用人、美津子《みつこ》がそう言って織江を呼びに来たのは陽が落ちかけた頃だ。楽しい時間はあっという間に過ぎる。段取りは確認していたはずだったのに、もうそんな時間なのかと驚くほどに。

　夕陽が水平線を染める中、織江は介添人《かいぞえにん》の女性たちとともに林へ向かう。そこに流れるささやかな清流に、素肌を晒《さら》して清める。この役割を引き受けようと決めたときから、毎日続けてきた行為だ。肉や魚も、精進潔斎《しょうじんけっさい》するためにしばらくは口にしていない。化粧《けしょう》はおしろい、沐浴《もくよく》が済めば白い着物に着替え、色素の薄い髪を後ろでひとつに束ねる。それはまるで初夜《しょや》を迎える花嫁の装いだった。

　やがて月光のもと、屋敷の庭に輿《こし》が担ぎ込まれる。二本の長柄に屋形をのせ、人を運ぶ乗り物だ。傍《かたわ》らには、祭司の装束に身を包んだ陣宮司家の次男……君彦の弟の姿も見えた。織江を迎えに来たのだ。

「お父様、お母様、お兄様、十八年間お世話になりました」

　輿の前で頭を下げたとき、庭に典子の姿は見えなかった。姉との別れを受け入れられず、自室に籠《こ》もってしまったのだという。寂しいが、昨日すでに泣きじゃくっていたことを思うと致し方ないことのように思う。

「織江、どうかマレビト様と幸せに」

　兄がそう言って手を握ってくれる。掌《てのひら》の温かさと大きさに涙が出そうになる。小さい頃から体が弱かった織江は、この掌に何度勇気をもらったかわからない。

「ありがとうございます、お兄様」

　頭を下げると、次に母から声を掛けられた。

「きちんとお務めを果たすのよ。わたしたち、あなたのことは忘れませんからね」

「はい、お母様」

母は線こそ細いが背筋のぴんと伸びた美人だ。躾《しつけ》に厳しく、一切の甘えを許さなかった。ずっと近寄りがたいと思っていたが、今では厳しかったことにも感謝している。

「あの、典子ちゃんにもよろしくお伝えくださいね」

頼りない姉だったけれど、慕ってくれて嬉しかった。妹が典子だったからこそ、自分はぼんやりしたままでもきちんと姉でいられたのだと思う。

「わかった。伝えよう」

答えたのは父だ。紋付《もんつ》き袴《はかま》の正装で、深妙《しんみょう》な面持ちをして言う。

「織江、おまえならきっと、マレビト様のお怒りを鎮めることができる。どうかこの島を救っておくれ。『箱』が一度と開かぬよう、しっかりと抱くのだよ」

「はい」

何度も耳にした言葉だ。頷くと、織江は祭司に手を借りて輿に乗り込んだ。

今夜、十八になったばかりのうら若き乙女が死へ向かう理由は、ほかでもない。生贄となり、この島で神として祀《まつ》られているマレビト様の怒りを鎮めるためだ。

亡き人を神として祀り、信仰するにはそれなりの目的がある。祟《たた》りを恐れる場合も、起こってしまった災厄を鎮める場合もあるだろう。

この島においては、後者だ。

愛した娘を目の前で殺され、自らも死の間際に立たされた男は断末魔に「呪ってやる」との言葉を遺していた。それだけではない。男がこの島に遺したものは、莫大な財産と……そして護符で封印された『箱』で、それこそが島民たちの殺意を駆り立てたものだった。

当時の島民はあずかり知らぬ話だったが、男は都の権威ある陰陽師からその『箱』を預かり、遠方へ捨てに行く途中だったのだ。中には都で流行した質の悪い病が封じられていた。言わずもがな、莫大な財産は旅費と報酬だ。

しかしその『箱』は悪質なものが封入されているとは思えないほど、細密な螺鈿《らでん》が施されていた。金目のものと思われるような美しい外見をしていたのだ。

漁業以外に富める方法を知らない島民が、興味を持たない理由はない。きっと中にはもっと高価なものが入っている。島中の人間で山分けにしよう、と。

そうして彼らは己の欲のために男の命を奪い、『箱』の封印を解いてしまう。中から溢れ出したのは病だ。罹れば必ず大熱を出し、ほとんどの島民が死に至る。これこそ男が断末魔に言った呪いだと、気づいたときには遅かった。

その『箱』の蓋は――閉まらなくなっていたのだ。

「どうか、この島をお護りください」

昏《くら》い森を進むなか、側を歩く祭司からそう声を掛けられる。

「今年はすでに二人が例の病で亡くなっています。昨日掘り返したところ、やはり『箱』は開いていました。十八年前の儀式で父が地中深く埋めたにもかかわらず」

そうなのだ。男が遺した『箱』は閉じても閉じても開いてしまう。開くたび、病が流行る。海に投げ捨てても戻ってくる。土中に埋めても露出する。まさに呪われた品なのだ。

「かつてマレビト様を閨でもてなした娘と同じ、十八歳の清い娘だけがあの蓋を閉じることができます。どうか、しっかりと『箱』をお抱きになり、眠られますよう」

「承知しています」

わかっている。織江は今夜『箱』を抱いて地中深くに埋められる。それだけがあの蓋を閉じる方法だ。過去千年以上の間、そうして一体何人の娘が自らの命と引き換えにマレビト様の怒りを鎮めようとしてきたことか。

「あの……つかぬことをお伺いしてもよろしいでしょうか」

「ええ、なんなりと」

「マレビト様の病は、やはり十八年ごとに大流行するものなのですか？」

尋《たず》ねた織江を、祭司は見ない。まるで目を合わせることが禁忌であるかのように、前方をじっと見つめている。

「……『箱』は、この儀式のあとも徐々に開き始めます。ご存じですか」

「はい」

「そうして徐々に『死の病』が滲み出るのです。それで、去年は病によってついに死者が出てしまいました。十八年という区切りは『箱』を掘り出して新たな花嫁を捧げるための、限界の基準のようなものです。言い方を変えれば、これ以上間隔をあけると病の蔓延《まんえん》が食い止められなくなる……限界が十八年だと思っていただけますか」

「じゃあ、私が十八の誕生日を迎えるまで待ってくださったのは」

「乙女《おとめ》だとしても、十八歳以下では封印の効果が現れなかったと古文書で読みました」

前方で炎が揺れている。先導の者が掲げている松明《たいまつ》の灯りだ。月下の波間を彷彿《ほうふつ》とさせる、豊かな揺らぎに心がしんと静まってゆく。死の瞬間も、このように安らかだといい。

時折、その光に浮かび上がる祭司の横顔を、織江は斜め右に見下ろしていた。君彦に似て美しいが、兄と比べればややあどけない。それはそうだろう。今年十八歳になると聞いた覚えがある。兄が失格者となったため、若くして父の跡を継がねばならなかったのだ。

この儀式を執り行うのは荷が重いに違いない。

同い年の娘を土中に埋めるなんて。

「あの、どうか気に病まないでくださいね」

そう話しかけたとき、道の先には古びた灯籠が見え始めていた。マレビト様を祀った祠《ほこら》……儀式が執り行われる場所への入り口だ。あの先に、彼との再会が待っている。

「私はマレビト様のもとへ行けること、本当に嬉しく思っているんです。家族と別れるのは寂しいし、土に埋められるのがまるきり怖くないっていうわけでもないですけど……でも、これを乗り越えたらあの方にお逢いできるから。だから、大丈夫なんです」

嘘偽りのない言葉だった。

織江がかつての娘の記憶を持っているとわかったのは、九つの頃だ。といっても誰かに手を引かれて森を逃げ、弓を射《い》られて怪我をした記憶は、それ以前から織江の中にあった。その誰かを心底信用し、頼もしく、恋しく感じていた気持ちも。

だが、詳細を話して聞かせても周囲が認めてくれなかった。そのような出来事はなかったはずだ、夢だから忘れなさいと口々に言われて、どれだけ歯がゆく感じていたことか。

それを伝承と結びつけたのは父だ。

――もしや織江には、織江として生まれる前の記憶があるのではないか。

――おまえは、マレビト様のお怒りを鎮めるために生まれてきたのではないか。

初めて、自分の言いぶんが認められた瞬間だった。それまで認めてもらえなかった主張を真実としてもらえただけで、腑に落ちた気分だった。

やはり間違えていなかったのだ。彼に対する淡い気持ちも、信じていていいものなのだ。

だから、この儀式に参加することも、もう何年も前から決めていた。

「祭司さまには大変なお務めかと思いますが、どうぞよろしくお願いします。私を、マレビト様のところへしっかりと送ってくださいね。これが最後の儀式になるよう、私も懸命に務めますから」

微笑《ほほえ》んで告げた織江を、祭司はちらと左に見上げる。そして言った。

「……無知とは幸福なことですね。あなたは、兄とは正反対です」

「え……」

「あの人は知ってしまった。清らかな正義感で賢《さか》しらに現実に逆らって、引き返せなくなった。それでも小利口に立ち回っていれば、いくらだって平穏な人生が送れたのに」

ぼそぼそと語られた言葉には、蔑《さげす》みとやるせなさが含まれているように感じられる。あの人、というのは君彦のことだろうか。兄弟にしてはやけに他人行儀な呼び方だ。

彼が何を知っているというの？　過去に一体何があったの？　そう尋ねようとしたとき、道の左脇にある林が、がさがさと揺らいだ。大型の獣が動いたような気配だった。

「うわっ……！」

叫んだのは輿を前で担いでいた男だ。飛び上がって、右に避ける動作をする。すると揺れた木の陰から何かが飛び出してきた。途端に屋形が右に傾き、織江の体は輿から放り出される。

「きゃあっ」

「危ない！」

祭司が慌てて受け止めようとこちらに手を伸ばしたのが見えたが、彼の手は織江には届かなかった。正確に言えば、届く直前に別の手が割り込んで阻《はば》んだのだ。

――何……!?

落下の衝撃に耐えようと硬くした体が、がっしりとした腕に受け止められる。頬《ほお》に当たったのは、男物のシャツだった。背中と太ももをしっかりと抱く力強さは、まるで最初からそこに織江が落ちることを想定していたかのよう。

「……『箱』を抱く乙女だね」

右耳の側に降ってきた声に織江は戦慄《せんりつ》する。低すぎず穏やかで色気のある響き。聞き覚えのある声だった。……まさか。視線を上げた織江は、そこに恵比寿《えびす》神の面を見る。男の顔は隠されていたが、面から覗くなめらかな輪郭《りんかく》と雰囲気のある喉元に、それが誰であるのか一目でわかった。

陣宮司君彦。どうしてここに。

「あ……あなた……何故」

「理由はあとで説明しよう。今はきみを攫《さら》わせていただく」

攫う？　私を？

「撤収するぞ！」

輿の反対側から別の男の声がする。先ほど木陰から飛び出してきたのが、獣ではなく人間だったのだとわかったのはその瞬間だ。彼が道の左側から現れて輿を崩し、君彦が織江を受け止める手筈だったのだろう。だが、そんなことがわかったところで今は何の得にもならない。君彦は織江を担いだまま、道の右脇にあるけもの道へと駆け込んでしまう。

うそ。

「待て!!　曲者《くせもの》……！」

祭司が叫ぶのが聞こえたが、追ってくる様子はない。皆、儀式のための装束が邪魔をして林に分け入ることができないのだ。後ろから聞こえるもうひとつの足音は、恐らく君彦の仲間のもの。

「……っ」

咄嗟に君彦の胸を拳で叩《たた》いて抵抗《ていこう》する。しかし、びくともしなかった。織江はただでさえ華奢な体つきをしているのだから当然だ。そしてそれ以上に、男の……それも君彦の腕の中にいると思うと力が入らず、恐ろしくて声も上げられなかった。

これまで、戌井家の屋敷の中にあるものが主に織江の世界だった。

小さな島の上に建つ小さな屋敷の小さな自室。それが、織江の世界を守る最も大きな箱だった。織江を織江としていたらしめる事実が、すべてそこに詰まっていた。

父にも兄にも、これだけ力強く抱かれたことはない。生まれて初めて知る男の体温に、織江は体を縮こめてひたすら震えた。

やがて海岸に出たところで、恐怖は頂点に達する。岩場に隠すように用意された小舟が見えたからだ。島の外に連れ出されるのだとわかって、意識がふうっと遠くなった。

全身から力が抜け、視界が暗転する。恐怖のせいだけではない。体全体が、これから織江の身に起こることを受け入れられなかった。

あるいは、そうして自分を封じ込めてしまわなければ開いてしまうと脳が判断したのかもしれない。一度開いたら最後、二度と閉めることの叶わぬ記憶の蓋が。

＊

波に揺られながら、夢を見ていた。

『――』

誰かに名前を呼ばれる夢だ。マレビト様に違いない。織江はそう思おうとするのだが、頭のどこかで引っ掛かる。その声はもっと真に迫る意味で懐かしく、本能的に恋しいのだ。

(あなたは、誰なの……?)

問いかけると、その姿は煙のようにふわっと拡散してあっけなく消えてしまう。手を伸ばそうとしたが、届かなかった。織江のもとに残されたのは圧倒的な心細さだ。自分を庇《ひ》護《ご》し、導いてくれる人がいっぺんに消えてしまったような。

こんな状態でひとり、どのようにして生きていけばいいというのだろう。絶望に似た寂しさだけを抱え、織江の意識はふいに浮上する。

体を包んでいるのは暖かな布団だ。いつも通りの目覚めだと最初は思った。

「……ん……」

もう朝だろうか。それにしては部屋が暗い。

天気が悪いのかな、と障子を開けるために体を起こして、瞼《まぶた》を開いて、織江はびくりと肩を跳《は》ね上げた。低い天井《てんじょう》。古びた桟《さん》。質素な木の壁に掛けられているのは漁業用の網だ。

「ここ……どこ」

戌井家の屋敷とは違う。自分の部屋はもっと天井が高いし、梁が剝き出しになってはいない。それに、床も板の間ではなく畳敷きだ。漁業用の網も置いていない。大きな窓があってガラスが嵌まっているし、窓の外には格子《こうし》が、内側には障子がついているはずだ。広さは大差ないようだが、ここは一体どこだろう。疑問に思っていると、部屋の隅で何かが動いた。

「起きたのか。体調は悪くないか。腹が減っただろう」

君彦だった。桶の中身をぶちまけたように夕べの出来事が脳裏《のうり》に蘇《よみがえ》ってきて、織江は布団の上で後ずさる。——そうだ。

昨晩、自分はこの男に略取《りゃくしゅ》されたのだ。大切な儀式の途中に。

「も、元の場所へ戻して」

「寝起きの第一声がそれか。ぼくは腹が減ったかと聞いたんだが」

「しょ、食事なんて必要ないわ。私は埋められるんだもの」

「物騒なことばかり言うなよ。男と同じ部屋で目覚めたら、普通は甘えるものだ」

一歩距離を詰められると、薄暗い中でも彼の視線を感じてぞっとした。過去、何度も感じていた粘着質な視線。萎縮していたとはいえ、昨夜の自分は何故、この男の腕の中に甘んじていられたのだろう。

「織……」

「来ないで！」

名前を呼ばれるのも嫌だった。彼と言葉を交わしているだけで、父が知ったらどう思うかと心配になる。

「私を、か、帰して。マレビト様のところへ、行かせて」

「行かせない。そのために攫ったんだ。二度とあの島には帰さない」

迷いのない宣言に、織江は衝撃を受ける前に不審に思った。

儀式の中断はすなわち、死の病の蔓延に繋がる。一刻も早く条件を満たす乙女が生贄になり『箱』を抱いて埋められなければ、それは食い止められない。なおかつ『箱』は、儀式を行うために現在一時的に掘り出されている。病の源が地上にあるのだから、危険でないわけがない。

「……あなた、自分が何をしているのかわかってるの？　家族が危険に晒されてるのよ」

「わかってるさ。あんな狂った連中、何人死のうがかまわない」

君彦がもう一歩こちらに近づいて来たから、織江は咄嗟に枕元にあった湯呑《ゆの》み茶碗を摑《つか》んだ。彼に向かって、投げつける。

「ひとでなし！」

死んでもかまわないだなんて、大事な家族に向かってよくも言えたものだと思う。自分たちはたったひとりでこの世に生まれてきたわけでも、たったひとりで生きてきたわけでもない。体が弱く寝込んでばかりだった織江にとって、家族は庇護者である以上に心の支えだった。絶対に失えない大切な存在だ。

見事彼の胸に当たった湯呑みは、土間に落ちる。パンッと高く鳴り、砕《くだ》け散った。

「命を救ってやった英雄に、ずいぶんと酷《ひど》い仕打ちができたものだね」

「誰も救ってなんて言ってない。私……私は、死にたいわ。『箱』を抱いて、マレビト様と島の人たちのために死にたいのよ」

「十八歳以上の処女なら、きみでなくても用は足りる。違うかな？」

「馬鹿なことを言わないでっ」

　マレビト様のもとへ行くのは自分だ。誰にもこの役割を奪われたくない。

（早く……はやくマレビト様の祠へ戻らなくちゃ）

　織江はすぐさま立ち上がり、裸足で小屋から逃げ出そうとする。ほかの女の子が名乗りをあげる前に自分が埋められなければと思った。だが土間へ下りたところで、君彦が引き戸の前に立ち塞がる。

「舟……？」

「舟など漕《こ》いだことがないくせに、その細腕でどこへ行けると思うんだ」

　そうだ。自分は別の島まで連れて来られたのだった。そう思い出してさあっと全身から血の気が引く。島の外へ出てしまった。十八年間、出たことのない世界へ。

「い、行けるわ。きっとマレビト様が導いてくださるもの」

「この世にいない男の話などやめて、ぼくの話を聞け。それから考えたって遅くはない」

「嫌!!　あなたの話なんて聞きたくないっ」

　噛み付かんばかりの勢いで斜め下から睨みつけると、不快な色がその顔に広がった気がした。ぼくに逆らうのか、という。だが、怯むわけにはいかない。

「私はマレビト様のもとへ行くの。彼を愛してるの。ずっと儀式の日を心待ちにしてきたのよ。あなたみたいな最低な人に足止めされている時間はないんだから……！」

言い切るや否や、両方の二の腕を左右から摑まれて織江は体を硬くする。

「……マレビト様、マレビト様……きみは口を開けばいつだってそれだ」

憎々しげに言いながら引き寄せられる。間近にあったのは焦燥の滲んだ双眸だ。それは過去何度にもわたって、織江を竦《すく》ませた視線とはまた別のものだった。

「きみは何もわかっていない。何もわかろうとしない！」

「な……なに、を」

「話など通じないだろうと思っていたが、ここまでとは予想以上だ。正気の沙汰《さた》じゃない。もはや狂信の源はきみ自身じゃないか。ほかの誰の所為でもない！」

何を言われているのかわからない。正気の沙汰でないのは君彦のほうだ。織江が昨夜予定通りに『箱』を抱いて埋められていたら、死の病はすでに封じられていたのに。

逃げ出そうと身をよじると、憎々しげに歪んだ唇が落ちてくる。荒々しく与えられた強引な口づけに、全身を粟立《あわだ》たせずにはいられない。

「ン、っ……いや！」

どうして口づけなんて。

無我夢中で振り払うが、払っても払っても君彦の腕は織江を摑まえた。執拗《しつよう》に織江の自由を搦め捕り、腕の中に閉じ込めようとする。まるで夏の間中化け物みたいに伸びてきて、あっという間に視界を覆いつくしてしまう蔓のように。

「やぁっ、私に触らないでっ。マレビト様、マレビト様……っ!!」

「いくらでも呼びなよ。どうせそいつはおまえに救いの手など差し伸べない」

後退すると上がり框《がまち》に足をとられ、織江は板の間に背中から倒れ込む。辛うじて後頭部は布団の隅に受け止められたが、腰と背中は板の間でしたたか打った。

唸る織江の手首を摑み、君彦は苛立った表情の中で口角だけを上げる。

「きみの考えはよくわかった。死への浅はかな憧憬《しょうけい》を捨てられないということも、もう、ぼくが求めたきみがきみの中にいないということも。だけど今更諦められるはずもない」

「放して……！」

「放さない。お綺麗な今のきみの意思など、尊重してやる価値などないね」

両腕を背中で捻り上げられたら、身動きなど取れるはずもない。

「神の手の届かない場所まで、ぼくとともに堕ちろ」

鬼気迫る笑みと冷淡な声に、織江の喉はひゅっと鳴った。生まれてこのかた、悪意など向けられたことのなかった……向けられていないと思い込んでいた織江には、初めて感じる、身に迫る危機だった。

白い着物の前を乱暴に割られると、白い肩と胸がいっぺんに露《あら》わになる。

何日もかけ、マレビト様のために沐浴をして清めた体だ。過去、ほかの男に触れさせたことがなければ、今後触れられることもない。そう思っていた。だが解けた帯《おび》は板の間からだらりと垂れ下がり、織江がばたつくたびにその先を土間で汚そうとしている。

「い……ヤあっ……！」

はだけた太ももの間に体を割り込ませ、君彦は織江の白い喉元から肩、そして胸の膨らみを唇で執拗に愛撫した。織江の両手を顔の横で摑まえ、手首をきつく握りしめた状態で。

（もしも、純潔でなくなったら、私）

嫌いな男に触れられることへの嫌悪感より、処女でなくなる恐怖のほうが強かった。

純潔を失えば、織江はマレビト様の『箱』を抱けなくなる。

「放し……っ、はなしてぇ」

「放さないし逃がさない。何度そう宣言させたら気が済むんだ？」

ねっとりとした唇が右の胸の膨らみをのぼっていって、先端に触れる。その途端、感じたのは強いこそばゆさだ。びくっと腰が跳ね上がり、一瞬、自分の体なのにまったく制御がきかなかった。痛くも苦しくもないのに、我慢できないことに驚きを禁じ得ない。

（なに……これ……）

狼狽《うろた》える織江を見下ろし、君彦はただ冷淡に笑う。

「へえ、純真なわりにいい反応をするね」

そして織江の両手を頭上でひとまとめにすると、左手で押さえつけた。空いた右手で着物の腰紐を手繰《たぐ》り寄せ、手首を重ねて縛ってしまう。それだけならまだしも、君彦はその結び目を傍らの壁から飛び出していた釘に引っ掛けた。その瞬間から、両手の自由がきかなくなる。

「このっ……鬼畜……！」

両腕を引っ張って腰紐から外そうとしたが、引っ張れば引っ張るほど腰紐はきつく締まる。布地が手首に食い込む痛みで、織江はもがくのを諦めざるを得なかった。

こちらを見下ろす君彦の瞳には、愉悦《ゆえつ》が浮かんでいる。罵倒されることさえ愉快だとでも言いたげだ。そうして掌で織江の腕を手首から二の腕までじっくりと撫でまわす。おもむろに右脇に顔を埋められ、狼狽のあまり織江は声を上擦らせた。

「イヤぁっ、何をするの……っ」

「きみ本来の匂いがする。甘くて、純粋で、無邪気な少女の匂いだ」

くんと鼻を鳴らした君彦は、あろうことか織江の脇を舐め始める。長く出した舌で、ねちっこく。そのうえ唇と舌を使ってじゅくじゅくと音を立てるように愛撫され、織江は嫌悪感に全身を粟立たせた。そんな場所を味わうなんてどうかしている。

「ふっ……う」

震えながら脇の下への愛撫に耐えていると、二の腕に触れていた彼の手が動いた。つうっと胴《どう》を撫で、左右からすくい上げるように胸の膨らみを両方とも摑まれる。

「や……めて、嫌ぁ」

「この先端の淡い色づきかた、大きさ……どちらも男を誘う極上のものだ」

そう囁《ささや》きながら指先で触れられたのは、胸の頂《いただき》を取り囲む桃色の部分だ。妹と一緒にお風呂に入るたびに、色っぽくて羨ましいと言われていた大きめの乳輪。その色の外周をくるりと撫でられて、うぶな先端は抗《あらが》えず勃《た》ち上がってゆく。

「あ、あ……もう、放して、こんなのっ……」

「こんなの、感じてしまうから嫌？」

「ちっ、違うわ……！」

口では否定しながらも、体の反応は鮮やかだった。君彦に触れられている部分だけが、別の意識を持っているようだ。全神経を遮断して、意識を閉じてしまいたいのにできない。彼の感触に、体温に、こじ開けられてしまう。

「これほどの肉体を誰にも触れさせずに葬《ほうむ》ろうとしていたとは、愚《おろ》かの極みだよ」

勃ち上がった胸の先端を無視して、君彦の両手は周囲の膨らみを揉みしだく。掌全体を使って柔らかさを楽しむように、ゆったりと。

「いっそ、ぼくが触れたくなくなるような体をしていたらよかったのに」

「ひ……っ」

「織江。織江……ッ」

言うなり左胸の先端にしゃぶりつかれて、織江は高い声を漏らした。

「やあああっ!!」

　すっかり硬くなった左胸の先に、熱い舌が絡みつく。ねっとりと包み込み、ざらついた表面を擦り付けてくる。かと思うと乳を乞うように吸われ、欲しくてたまらないと言いたげに何度も咥えなおされて、両胸は見る間に敏感になった。

「きみは綺麗すぎる。だから神に魅入《みい》られるんだ」

　ふっくらと張りの増した織江の胸に頬を擦り寄せ、君彦は右手を下ろしてゆく。織江の脇腹、腰、そして太ももの輪郭をなぞるように。

「汚れてしまえ。ぼくと、同じだけ」

　身をよじって腰を引こうとしたときには、すでに彼の右手は織江の脚の付け根を捉えていた。浅い茂み越しに、生暖かい男の指の感触がする。下着などつけていなかった織江は直にその場所に触れられ、驚きと恐れに両足でもがいた。

「だめぇ……っそこ、だけはっ……」

　閨で男女が何をするのかはわかっている。母から、身を守るための知識のひとつとして教わった。その場所を男に触れられるのは穢《けが》らわしいことで、マレビト様のもとへ行くつもりなら禁忌であるということも。

「やめて、お願い、っ」

　泣き出しそうな気持ちで懇願する。

　純潔はいわば最後の砦だ。たとえどんなに遠くへ連れ去られようとも、清らかな肉体さえあればマレビト様のもとへ行く資格はある。望みが絶たれなければ、織江はいつまでもマレビト様を想っていられる。

だが君彦は容赦《ようしゃ》なかった。誰にも触れられたことのない、十八年間清らかなままだった花弁を左右に広げ、内側をつっと撫でてしまう。

「これで駄目とはよく言えたね。たっぷりと感じて、いやらしく濡れているくせに」

花弁の内側に、ぬるりとした感触があって織江は息を呑《の》んだ。君彦の指がとろみのある液体を割れ目に塗《ぬ》り広げている。これは何？　どうしてそんなところが濡れているの。

「……ぼくに胸を弄《もてあそ》ばれるのが好きなんだろう」

「そ、んなこと、ありえないっ……」

「いいや、きみは好きなはずだ。でなければこんなふうには濡れない。この蜜は……ぼくを奥へと誘い込むためのものなんだから」

そんなはずがない。しかし、君彦の指が割れ目の内側を前後するたびに反応してしまう。電流が走るような刺激を感じると、織江は腰を浮かせて彼を誘うように揺らしていた。

「ふぅ……っう、イ、ヤぁ、あ……」

「ほら、もっと溢れてきた。とろとろだ」

意地悪な言葉を裏付けるように、脚の間からこぼれた液がお尻を伝う。それが板の間を濡らすと、君彦は前後させていた指で花弁の内側の芯をつまんだ。途端に、背筋を駆け上がるような快感が体を支配する。

「ああ……ッ」

勃ち上がりつつあったその芯を、指先でつまんではぬるぬると逃がされる。そのたび背中に軽い電流のようなものが走り、下腹部に熱がこもる。

(逃げなくちゃいけないのに、力が入らない)

君彦のことなど大嫌いなのに、与えられる刺激はひどく甘やかだった。自分で自分の体がわからない。我が身を喪失してゆくような、不安定な感覚に膝《ひざ》が震える。私はどうなってしまったの……どうなってしまうの?

「い……っ」

すると次の瞬間、脚の付け根に痛みを感じて織江は体を硬くした。芯を弄《いじ》っていたはずの指が、いつの間にか蜜源にあてがわれていた。それだけではない。彼の指先は容赦なく、閉じた処女を暴こうとしていたのだ。

「イヤっ、もう、もう、これ以上は、本当に」

秘所に何本もの針をいっぺんに突《つ》き刺されているみたいだ。指が浅く出入りするだけで激しい痛みが走る。そして痛み以上に、そこを暴かれたら『箱』を抱けなくなるという恐怖が織江の頭を埋めつくした。

「わ……わたし、っ……マレビト様を、あ、愛してるの。彼だけ、なのっ……」

彼のために生まれてきたのだ。彼の怒りを鎮めるために。きっと、今度こそふたりで穏やかな眠りにつくために。ほかの誰かに散らされるために守ってきた貞操じゃない。

「その言葉は逆効果だよ、織江」

ぐっと指先が内へと進む。引き裂かれるような痛みが脚の付け根に走る。

「ヒッ……あ……あなたには、ほかにも、いくらだって代わりの女の子が……っ」

「喫茶店で一緒にいた彼女のこと？　彼女の処女は奪ってないよ。処女とわかれば、ぼくは手出ししない。大事に守るだけだ」

「ッ、どうして……わ、私だけに、こんな」

「ともに地獄へ堕ちたいのは、きみだけだからだ」

何を言われているのか、織江にはわからないしわかりたくもなかった。他の女の手を握っておきながら、ともに地獄へ堕ちたいだなんて。他の女の処女を守りながら、よりによって『箱』を抱かねばならない織江の処女を奪おうだなんて。

——こんな人にこれ以上好き勝手にされたくない。

しかし反撃の機会は与えられず、彼の指は根元まで織江の内側へと収められてしまう。

「……ふ……っ」

言いようのない異物感と、絶望感に視界が滲む。失格者の指に侵入を許してしまった。まだこの身は清らかだろうか。それとももう、手遅れだろうか。たっぷりと溜まった涙をついに零すと、それを追うようにこめかみを君彦の舌が這った。

「憎みたいだけ憎めばいいよ」

涙の雫を舐め取られる。目尻まで丁寧に、ひとしずくも逃さないように。

「人は絶望を憎しみに転化することができる。この計画が完遂したとき、きみの中に残るのは憎しみだけ。ぼくはその日を、心待ちにしているんだ」

彼はやはり、うっすらと得体の知れない笑みを浮かべていた。

蜜道から指を抜かれると、次に押しつけられたのは重い雄の象徴だった。両手は頭上で縛られたまま、結び目も釘から離れない。脚も左右に開いた状態で摑まれていて、ほとんど身動きなど不可能だ。無駄な足掻きだとわかっていても、織江は全身をばたつかせた。無抵抗のまま君彦の行為を許すなどできそうになかった。

しかし彼は織江の懸命な抵抗すら可愛らしいというように、怒張した己で織江の秘所を撫でまわす。クチクチと蜜に絡ませて、わざとらしい音を立てながら。

「力まないほうが身のためだよ。きみの内側は、あまりにも狭いからね」

前へ後ろへとなすりつけられた欲の塊は、やがて隘路《あいろ》へと進路を定める。先端をぐっと穿《うが》たれて、織江はあまりの痛みに背を反《そ》らせた。

「い、いやぁ、あ」

閉じた場所をめりめりと、屹立《きつりつ》が裂き開いてゆく。心まで引き裂かれているようだ。やっとマレビト様のもとへ行ける日が来て、この男に攫われるまで幸福だったのに。

「ふっ……く、ぅ」

君彦のものは指など比べ物にならないほど太く、先端の丸い部分を呑み込まされただけで腹部に強い圧迫感を覚えた。息をするとその感覚は強くなり、侵入されていることを再認識せずにはいられない。

「泣き顔すら健気に見えるなんて思わなかったな」

「きら……いよ、あなた、なんか……っ」

繋がれた腕を引っ張って、織江はまだもがいていた。手首を締め続けた所為で手先の感覚がほとんどない。それでも逃げ出すことを諦めきれなかった。

だが楔《くさび》は徐々に深度を増し、ごつごつした軸の部分を織江の中に進めている。半ばまで押し込まれると、内側には痛みより異物感を強く覚えるようになった。内臓を押し上げられているような、未知の感覚だ。そうして本当に追いやられているのは織江自身で、迫るのは絶望の淵に違いなかった。

「これで全部だよ、織江」

右耳の側でそう囁いたあと、はあっと吐息《といき》を吹きかけられて織江は身震いをする。彼の言うとおり、織江の太ももと彼の太ももはぴったりと密着していた。全部。自分は、君彦の男の部分を全部受け入れてしまった。

「きみはもう純潔じゃない。したがって『箱』を抱いて埋められる資格はない」

言い返してやりたいのに声にならない。胸の中に真っ黒なものが広がって、眩暈がする。

「無駄な希望を残さないよう、奥まできちんと犯してあげよう」

言うなり君彦は怒張した己を緩く揺らし、織江の中をじわじわと乱し始める。彼の太さはそれだけで凶器のようで、上下に動かされると織江の入り口は裂けそうに痛んだ。

「狭い、だけじゃないね……きみの中は、男を喜ばせる最高の形をしてる」

「ンぅ、あ……あ……痛、い、イヤぁあ、あ」

「そのうえ、しっかりと絡みついて……どろどろに濡れて、なあ、本当に嫌なのか？」

嫌に決まっている。だが、感情とはまた別に体の奥から込み上げる何かを感じているのも確かだ。衝動というには淡く、予感というには強いもの。それは君彦が隘路の中で自身を揺するたびに強く鮮やかになってゆく。

「ふ、ぅ……ア……あぁ、ッ」

「……ッ締まった、ね。欲しがるときの、反応だよ、それは」

君彦の表情にも明らかな変化が表れていた。眉根をぎゅっと寄せる様は本能的で、一切の偽りもない。まるで体だけでなく心までも彼の深い部分に触れているようだ。

揺れていたはずの楔は、いつの間にか抜き挿しする動きを加えられていた。浅い出入りを繰り返したあと、深々と入り込まれて奥を押し上げられる。

「ここ……なんだかわかるかい？」

下腹部に広がる疼《うず》くような感覚に、織江は思わず腰を浮かせた。君彦の先端に押されている場所がおかしい。痛みではないのに痛みほど鮮烈に、甘い感じがする。無言で息を呑むと、返事を催促するように奥をグリグリと刺激されて背中が大きくしなった。

「あ、ぁあ……ャぁ……ッ」

「答えて。きみの体のことだよ？」

「ひぅ……っ、知らな、いっ」

張り出した体の上で柔らかな乳房が波打つ。硬く尖《とが》り、君彦の唾液《だえき》に濡れた先端。織江の体勢はまるでそれを自慢げに見せつけているようだ。

君彦はいいものを見たというふうに口角を上げ、また織江の胸の先端へ舌先を伸ばす。右を舐めながら左を指先で摘まみ上げられ、肩が震えた。

「知らないふりは良くないな。それとも、危険性を把握していないのか。ここで男に欲を吐《は》き出されたら、自分の身に何が起きるのか」

彼の舌は胸の谷間へと一旦下り、静かに左の膨らみをのぼる。頂に辿り着くと唾液を落とし、桃色に色づいた輪の中をねっとりと舌の腹で舐め擦る。

「あ……あなたの子なんて……できやしないものっ……」

「へえ。わかってるじゃないか。この場所が何のためにあるのか」

奥をぐっと強く押し上げられ、織江は全身を硬くする。

「やぁ……っ、ア、それ以上、奥に来ない、でぇっ」

「無理な注文だよ。交わるからには、より確実に奥へ注ぎたいと思うのが男の本能だ」

無慈悲な宣告を聞きながら、織江はびくびくと全身を跳ねさせた。奥への刺激が強すぎて、反応せざるを得なかったのだ。すると君彦は震える織江の胸を摑んで寄せ、喜ばしげに腰を振り始める。

胸を滅茶苦茶に揉まれながら蜜源を荒々しく乱され、織江は両目を強くつむった。これは夢だ。悪い夢を見ているのだ。目が覚めたら自分は屋敷の寝床にいて、いつまで寝ているのかと使用人が心配そうに見にくる。きっと起こされる。それまでの辛抱だ。

しかし何もかもを見透かした男は、織江の耳元で囁く。

「逃避しても無駄だよ。これは現実だ」

「っは……はぁっ……嫌……違う、ちが、う」

「きみは今、ぼくに犯されてる。そして、もうすぐこの奥にぼくの精を注がれる」

恐怖のためか、続く刺激に耐えかねたのか、織江の下腹部がひくっとわずかに痙攣《けいれん》した。

驚いて目を見開くと、思いどおりと言わんばかりに微笑む君彦と目が合う。彼の腰の動きはいつの間にか速くなっていて、奥を突く激しいリズムに息もうまく吸えない。

「は、っは……ぁ、っ……ふ」

「織江、可愛いよ。感じてるんだね。ぼくだけの……織江」

織江の太ももと君彦の太ももが当たるたび、平手で打つような音が上がった。痛いのかどうかはもうわからない。もはや、神経が反応するのは下腹部を満たす甘い毒にだけ。

「ああ……吸い付いてきた。いい兆候だよ……」

出し入れの速度を緩められたら、彼のその言葉の意味がわかった。屹立が引き抜かれると織江の内側の圧が上がり、屹立を引き戻そうとするのだ。織江の意思に関係なく、蜜源は白濁を欲しがっている。そんなことはない、とかぶりを振って否定しようとしたが、火照《ほて》った全身は緩慢《かんまん》にしか動いてくれなかった。

「さあ、穢そう、織江……」

彼がそう言ったとき、君彦のものがいっそう大きな質量を持つのがわかった。その先端が狙いを定めるように、奥の奥にあてがわれていることも。

「ッ……いくよ」

「ひっ、ア、や、めて、抜いてぇ……っ、嫌、マレビト様ぁっ」

織江は声を上げて全身を硬くした。こんな男の欲の塊が体内に吐き出されるかと思うと、おぞましいとしか思えなかった。

純潔でなくなってしまっただけで充分に絶望的なのに、君彦は織江のより深い部分に吐精して追い打ちをかけるつもりだ。そんなことをされたら取り返しがつかない。これから、どんな気持ちでマレビト様を想ったらいいのかもきっと見失ってしまう。

「マレ、ビトさまあっ……たす、けてぇ」

藁《わら》にも縋《すが》る気持ちで、愛しい名前を呼び続けたのは逆効果だった。

「いもしない男の名を呼ぶな……っ」

乳房をきつく掴んだ手に力を込められ、最奥を先端で抉《えぐ》られる。熱を吐き出されたのは、次の瞬間だ。

「おまえを抱いているのは、ぼくだ!!」

どくどくと屹立が脈を打って、子宮口を白く汚す。吐き出されている感覚がはっきりとわかり、鳥肌が立った。嫌で嫌でたまらないのに、胸の先を指で刺激されると内壁が白濁を吸い上げてしまう。脈打つように、何度も繰り返し精を子宮内に導き入れてしまう。

「……ッう……っ奥、いや、これ以上、吐き出さない、で」

「く……ッ、招き入れているのは……きみだよ。とてもいい……」

「ヤ、もう止めて、熱いの……っあ、あ」

「まだだ……まだ出しきれ、ない。最後の一滴まできちんと、受け止めろ……っ」

「イヤぁ……！」

しゃくりあげて懇願したが、聞き入れてはもらえなかった。君彦のものは何度も細かく震え、織江の中に欲を吐き出す。奥に広がる生暖かい交配の証に、織江の心が砕けていった。

もう、戻れない。ほんの一日前、一途に神を愛していた幸せな自分はこの世にいない。

最後の力を振り絞って君彦を睨むと、彼は何故だか柔らかく微笑んだ。それでいいと言わんばかりに。存外優しい笑顔を見上げ、織江は絶望の中で困惑せざるを得なかった。

2章

情事のあと君彦が無言で小屋を出て行くと、織江はひとり残された室内で体を洗った。

「……っ、ひっく……」

嗚咽しながら、大粒の涙を零して。本当は小屋から逃げ出したかったが、外からつっかえ棒をされていて戸を開けられなかった。幸いだったのは土間に水甕《みずがめ》があったことだ。

小屋の中が水浸しになることなどかまわず、側に置かれた桶を使って頭から何度も水をかぶる。そして君彦が触れた部分を着物でごしごしと擦った。水は氷のように冷たく、擦りすぎた肌はあかぎれのように痛むがそうせずにはいられなかった。

君彦に抱かれてしまった。身体中ねっとりと舐められ、横暴に純潔を奪われ、あまつさえ胎内を邪な精で穢されたのだ。彼が触れた感触はまだ体のあちこちに残っていて、気持ち悪くてたまらない。

「ふっ……う、マレビト様……申し訳ありませ……っ」

痛む秘所に指を入れ、君彦に吐き出されたものを掻き出そうとする。だがよほどしっかり吸い上げてしまったのか、それらしきものは一滴も戻ってこない。

(こんなの、現実であるわけがない……)

本来なら今頃自分は『箱』を抱いて葬られ、すでにマレビト様のもとにいるはずだった。彼を愛し彼に愛され、幸福な時間を過ごしているはずだった。そう、千年以上も前にこの島で彼と出会い、幸せな日々を過ごしたあの娘のように。

とはいえ織江には、かつて娘だった頃にマレビト様と閨をともにした記憶はない。その後、いかにして愛し合うようになったのかも覚えていない。だが父親から聞いた話によると、娘は健気な性格だったらしい。行きずりに等しい関係の結婚生活にもかかわらず、最初の晩からマレビト様を主人として丁重に扱ったそうだ。はるばる都から『箱』を捨てに行くという密命を帯びてやってきていた男は、きっとそんな娘に安らぎを覚えたのだろう。

遠くなってしまった彼への気持ちを持て余し、織江は下唇を噛む。

——私だけじゃない。きっとマレビト様だって私を待っていてくださったはずなのに。

何もかもを、あの陣宮司君彦が踏みにじった。涙を零しながらもう一杯水をかぶると、戸の外でがたがたと物音がする。驚いて後ずさったら、現れたのは君彦だった。

「……なにをやっているんだ」

開口一番、彼はそう言う。眉をひそめて、不機嫌そうに。それだけで背筋がゾッとするのに、彼はさらに立ち竦む織江のもとに近づいてきて、手の中の桶を奪う。

「風呂に入りたければ入りたいと言えばいい。どうして頭から冷水なんて……」

言いかけてやめた彼の視線の先には、織江が着物で擦り続けて真っ赤になった肌があった。胸に首筋、腕、太もも。すべて君彦が触れた部分だ。

「そんなにぼくのことが……、いや、そうだろうな。そうでなければいけない」

君彦は悲しげに顔を歪めて自嘲《じちょう》的な笑いを浮かべる。何を言われたのか、織江には意味がわからなかった。ただ同じ空間にいるというだけで吐き気がする。足が震えて全身が萎縮する。この男に、織江の純潔は奪われたのだ。恐ろしくて、気持ち悪くて、憎い。

「そのままでは冷えるだろう。体を拭くといい」

左の二の腕を摑まれそうになって、織江はその手を反射的に振り払った。

「さ、触らないで」

触れられた部分に鳥肌が立つ。大嫌いだ、こんな男。感じた体温がおぞましく、織江は耐えきれなくなって水甕の水を左腕にかけた。

「……ッ、マレビト様……マレビト様……」

ぶつぶつと呟く様は異様だったかもしれない。だが、織江にとって前世からの恋は命の土台のようなもの。縋っていなければ、今の自分を保っていられなかった。しかしその過剰反応が、君彦の眉をますますひそめさせた。

「きみは……この期に及んでまだ諦めていないのか。前世の記憶なんてものは存在しない。それは恣意《しい》的に作られたまやかしの感情だ」

「ま、まやかしじゃないわ。マレビト様は確かに、この島にいらしたもの」

「騙されているんだ、織江。ぼくの話を最後まで聞け。きみの……」

「何も聞きたくない……っ」

耳を塞ごうとした瞬間、織江は土間に包丁を見つけた。大きさからして調理用のものだ。それを摑み、自分の喉元に刃をあてる。あの世に行ってもマレビト様には逢っていただけないかもしれない。だが、別の世界でこんな男に虐《しいた》げられて過ごすよりずっといい。

「やめろ!!」

しかし、織江の暴挙はすぐさま君彦に阻まれた。右手首を軽く捻られ、それだけで包丁を握っていられなくなる。あっけなく刃物を取り上げられ、板の間に引きずり上げられて、織江は無力感でいっぱいになる。

「ど、どうして死なせてくれないの……」

「へえ。それはぼくが一番聞きたくない台詞だ」

「あなたの意思は関係ない。だって、私の命はマレビト様のためにあるのよ」

「……そう。もう、きみの中には生きようという意欲がまるでないんだね。知れば知るほど、きみはぼくを苛つかせる」

おもむろにシャツを脱いだ彼は、織江の両手を素早く摑む。抵抗する隙はなかった。シャツの左右の袖部分を使って、手首をそれぞれ別に縛られる。つまり身頃のぶんだけ、左右の手首の間に隙間があった。

　これなら抵抗できる。織江はそう思ったのだが、甘かった。ズボンの前を軽く解いた君彦は、織江を抱き上げて縛った腕を自分の首に引っ掛ける。そしてあろうことか、布団の上で仰向けに横になった。

「きゃ……っ」

　君彦と絡まるように転がった織江は、気づけば彼の上にいた。その胴に跨り、馬乗りになっていたのだ。飛び退こうとしたが、手首を縛るシャツが邪魔をする。それというのも左右の手首の間には、君彦の頭が重石《おもし》のように置かれている。織江は必然的に彼の顔の左右に手を突き、目の前に胸の膨らみをぶら下げる格好になってしまう。

「いい眺めだ。やはりきみの体は、男を誘惑するのに最高の造形をしている」

「ひっ……」

　もがいたが、無駄な抵抗だった。君彦は薄く笑い、桃色の乳輪を大きく頬張る。

「ン……ッ、いやぁ……！」

　首を左右に振って嫌と叫んでも逃げ出せない。横暴な男の口の中で、右胸の先に生暖かい舌が絡む。じっくり舐められたあと、強く吸われたら肩が跳ねた。背後では、お尻の左右のふっくらした丸みを捏《こ》ねられるように蹂躙される。

「きみから襲われる体勢も悪くない。弄り倒して、返り討ちにしたくなるね」

「お、襲ったりなんてしてない……っ」

　もっと断固として拒否してしまえたら。だがすでに一度好き勝手陵辱《りょうじょく》された体には、恐てきて背筋が震えた。

怖が刻み込まれている。ふいに恥部を広げられると、内側からとろりとしたものが流れ出

「ッ……あ」

「洗っても、追い出せなかったんだ？」

愉快そうに尋ねられて、織江はようやく理解した。今、秘所からこぼれたものは君彦の精だ。あんなに必死で掻き出しても出てこなかったのに、どうして今になって。己への失望感で涙を滲ませると、蜜口にあてがわれるものがある。

予想外に硬く、凶暴な太さのあるもの。

「い……イヤ、もう、やめて」

両目に涙をたっぷり溜めてかぶりを振ったが、情けをかけてはもらえなかった。お尻を摑まれ、ゆっくりと下ろされる。

「挿れないで、いやぁ、っ……！」

一度目と同じ痛みを覚悟して、織江は体を硬くした。しかし屹立の先端を埋められると、与えられたのは衝撃ではなく甘い疼きだった。そわつくような感覚が背筋を駆けのぼり、思わず息を呑む。これは一体。

「……痛みはないはずだ。これが、きみが処女ではなくなった証拠だよ」

抵抗しようとしても、腰は徐々に落とされてゆく。君彦のものが引っ掛かりもなくのぼってくるのは、先ほど溢れた液の所為だろう。内壁を限界まで押し広げ、それは狭い蜜

道をみっちりと満たす。

「本当に……狭いね。入っていくだけで、先走りそうになる」

「んぅ、う……っ……ッ」

終いには奥の壁を押し上げられ、織江は腰をびくんと震わせた。嫌悪感とは別の強い官能が、下腹部に広がっている。初めて挿入されたときはあれほど痛くて異物感が強かったのに、自分の体はどうしてしまったのだろう。

「ひぁっ、ア、……っん、ん……っ」

「キュウキュウと締め付けて、内側は気持ちよさそうだよ」

「そ、そんな……ッあ、あ」

こんな男に触れられたくない。繋がれていたくない。そう思うのに、彼から与えられる快感は織江から、打ち砕かれた希望の欠片すら奪ってゆく。

「ん、んんぅ……」

「中を動かすのが上手だね、織江。きみの襞が全体に絡んで……腰を振らなくても充分にいい。このまま……もう出してしまおうか」

そう言った君彦の舌は、織江に見せつけるようにして右胸の先をわざとらしくねぶった。先端の小さな突起を舌の腹にのせ、転がす。大事そうに吸い付いて、音を立てて離す。愛撫されるたびに柔らかく震える胸は、自分でも直視をためらうほど悩ましい。男に蹂躙されている体が、こんなにもいやらしく艶っぽいとは思わなかった。

そうして胸の先端が両方とも硬く尖った頃、織江は逃げ出す気力をほとんど失ってしまっていた。顔を背けたって、胸の先がじんじんと感じて官能的な熱を下腹部に生んでいることは事実だ。

「このままよがり狂って、なにもかも忘れてしまえばいいよ」

胸元でそんな囁き声が聞こえると、お尻を掴んだ手に力がこもった。体を前後に滑らされ、揺すられる。すると内側のものが出たり入ったりするだけでなく、君彦の胴の上で花弁が割られ、内側の粒までもが擦られて耐えきれなかった。

「あ……っ、あ……こ、んな……っ」

声を上げて背中を反らせてしまう。内側と割れ目、両方が同じくらい感じている。激しく突かれているわけではないのに、内壁がたちまち敏感になる。

「いいだろう？　さっき弾けなかったぶん、発散しきれなかった欲求がきみの中にまだ燻《くすぶ》っているんだ。それを、解放してやろう」

奥を叩くペースもさほど速くない。だが、そのぶん一回一回丁寧に奥を押し上げられるのが快くてたまらない。織江はいつの間にか、深く挿入されるたびに深い吐息を漏らすようになっていた。

「はあ……っ……ア……、頭がへんに、なってしまう……っ」

擦れ合う秘所からは、粘着質な水音が絶えず聞こえている。まばたきをするたびに、瞼の裏にちかちかと星が散るようだ。思考回路はすでに羞恥や嫌悪を通り越して気持ちいい

ことだけを優先させるようになっていた。

「あ、っあ……っ……」

「そうだ。快感に従うのは悪いことじゃない。理性を捨てるという行為は、生き物としての本能に立ち戻ることと同じだから」

彼の吐息が胸にふきかかる感覚さえ震えるほど快《よ》かった。半開きになった唇の端から、唾液がこぼれる。だが内側と胸に与えられる刺激に翻弄《ほんろう》され、織江にはわからない。それに気づいたのは君彦で、彼はその雫を舐め取るとともに口づけで織江の唇を塞いだ。

「ン、んぅ……っ」

嫌悪している男の口づけだ。気持ち悪くてたまらないはずなのに、その行為は不思議と穏やかで、優しくて、思いやりに満ちている。生暖かい舌をたっぷりと含められた口内は、甘くてとろけそうだった。

「は、ぁ……織江……ッ」

角度を変えて何度も口づけを与えながら、君彦は上半身を起こす。布団の上であぐらをかき、太ももを上下させて織江の体を跳ね上げる。

「んんっ……」

織江は振り落とされないよう、嫌でも両手で彼の首にしがみつくしかなかった。口の中もお腹の中も、掻き回されてぐちゃぐちゃだ。己の信念も快感にまみれて汚れ、手の中から抜け落ちていくよう。

もういい。どうにでもなればいい。いっそ心も体も、このまま壊れてしまえばいい——。

投げやりになって快楽に身を委ねる織江を、君彦はいっそう激しく揺さぶる。右手で細い腰を抱いて花弁を自分の下腹部に押し付け、左手で揺れる乳房を交互に揉みしだく。感じる部分をいっぺんにいくつも弄られて、織江の体は昂ぶってゆく。

「ふぅ……っん、んぁ……あ、なに、か……きて、る」

吐息まじりに訴えると、内側のものがいっそう張り詰めるのがわかった。ごつごつした側面で織江の内壁を擦りながら、君彦はコクリと喉を鳴らす。

「ッ……従ってごらん。その衝動に」

喉元に囁く声も毒っぽくて、内側がひくつくのを止められなくなる。

「こっちを見て……織江。難しいことじゃない。生き物としての本能を思い出し、浅はかな死への渇望など……忘れてしまうんだ」

目が合ったまま左胸の先端をしゃぶられたら、織江の理性はあっけなく砕け散った。

「ひァっ、ぁああ……っ」

視界が真っ白な光に包まれ、全身がびくびくと跳ね上がる。腰が揺れてしまうのも、花弁を彼に押し付けてしまうのも止められない。中でもひときわ制御がきかないのは蜜道の痙攣だ。内側の動きに合わせ腰が勝手に揺れ続けるのも不思議と心地よく、織江は無意識的にその快感を貪っていた。

「く……上手に、弾けられたじゃないか」

「あ……ア……」

吸い込む空気さえ甘ったるく、芳《かぐわ》しい感じがする。腰を抱く君彦の腕も、胸を吸う唇も、深々と穿たれた雄の楔も、何もかもが癖になりそうなほど極上の感触だ。痙攣が収まるにつれ、引いてゆく快感が惜しいくらいにいい。

(これは……なに……?)

こんなに圧倒的な愉悦がこの世にあるなんて、今まで知らなかった。

酩酊したように緩慢になる織江を、君彦は布団に仰向けで寝かせる。そしてまだひくついている索道《さくどう》に、自身を擦り付けた。

「あぁあ、っこれ……っ狂いそう、なの……っ」

弾けている最中の内側は飛び上がるほど敏感だ。腰を引いて逃げようとしたが、許されなかった。無理矢理元の位置へ戻され、がつがつと突かれる。

「狂ってしまえ。他の男を、忘れるくらい」

「っひ、おかしいの、や……気持ちい、これ以上、良くしない……で」

欲を吐き出される恐怖より、制御のきかなくなった内側の快感が怖かった。まるで空中に浮いているみたいだ。安定感がなくて、今にも放り出されそうで怖い。だが君彦はぐちぐちと音を鳴らし、何度も織江の中に出入りする。

さらに張り詰めた先端は休む暇なく奥を叩いて、逆らえない快感を子宮に刻み込んだ。再び弾けたわけではないのに、織江の索道は弾けた瞬間のように激しい痙攣をしてしまう。

「はぁっ、あ、んっ、あぅ……っ」

「っ……織江……出すよ……」

はあっと君彦が息を吐くと、叩きつけるように織江の中に精が注がれた。初めてのときと同じように奥の奥に先端を押し付けて、どくどくと容赦なく。腹部に広がる熱の感覚は絶望的で、織江に非情な現実を突きつけた。

「かわいそうに……好きでもない男に何度も穢されて」

「あ、あ……あ」

「ぼくを憎めよ。なにしろ、きみは引き返せない。二度と、神を愛せない……」

一度ならず二度までも、君彦の熱を受け止めてしまった。奥に吐き出すことを許してしまった。それなのに快感に満ちて、痙攣をやめない体が虚しい。涙を一粒こぼし、織江は気を失うようにして我を手放す。

このまま目が覚めなければいいのにと、沈みゆく意識の中で思った。

*

二枚の木戸が重なった部分から、光のすじが壁沿いに射し込んでいる。建て付けがよくないのか、小屋が古いのか、戸板はそれぞれ互い違いに反っている。それで戸の中央にやや広く隙間ができ、外の様子をわずかに覗けた。

織江の位置から見えるのは、戸を外から開かないようにしているつっかえ棒の一部だ。そして丈の長い雑草も。毎夜、小屋はさあさあと霧雨《きりさめ》が降るような音に包まれるのだが、その音の正体はあの草が風で揺れる音だったのだろう。

そんなことがわかってもどうにもならないのだが。

たとえどうにかなるとしたって、織江にはもうどうだってよかった。

誘拐されてから三日が過ぎ、虚ろな瞳に宿るのは諦念《ていねん》だけだ。適当に着物をまとい布団の上でだらりと全身を弛緩《しかん》させ、していることといえば呼吸とまばたきくらいのもの。いっそ死にたいが、わざわざ首をくくるなどして自ら命を絶つ気力ももう湧かなかった。

「失礼するぞ」

つっかえ棒を外した気配があって、次に軋んだ音とともに木戸が開かれる。

突然飛び込んできた太陽の光に、織江の視界は真っ白になった。そこに姿を現したのは無精髭の中年男だ。筋肉質で体格のいい彼は、君彦が拉致を断行した際に補佐をしていた男。この島においても、君彦の協力者らしかった。

「お嬢ちゃん、そろそろ飯を食ったらどうだ。このままじゃ死んじまうぞ」

低く、やや割れた独特の渋い声に織江は応えない。

自然と死に至れるなら本望だ。目的を持って肉体を失うのでなければ、マレビト様に逢えるか否かとか、魂の行き場があるとかないとかいうことは気にならない。今はもう、ぼろぼろになりすぎて失った恋に縋るのも億劫《おっくう》だった。

「粥《かゆ》をここに置くからな。ひと啜りでもいいから腹に入れろよ」

男は右手に椀を持っていたらしい。板の間に上がり、枕元にことんとそれを置く。そして織江の胸元がはだけかけているのを見ると、そっと布団を掛けてくれた。

その左手首には木綿のような細い布が巻かれている。最初は怪我でもしているのかと思ったが、それにしてはまめに交換している様子がない。

「なあ、君彦のことだが……」

言いかけた彼は、長い息を吐いて続きを呑み込んだ。織江が自分を一瞥《いちべつ》すらしないことに気づいたのだろう。やがて心配そうな視線でこちらを見下ろして、小屋を出て行った。

残されたのは、薄い粥の匂い。生活の匂いだ。生からも死からも距離を置いたこの空間においてはまったくの異質で、織江はただ気持ち悪かった。思わず顔を背ける。

――あれから、織江の生活は一変してしまった。

戌井の屋敷にいた頃は、太陽がこんなに高く昇ってまで布団に包まれていることはなかった。良家の子女たるもの怠惰ではならぬというのも理由だが、一番の理由は、体の弱い織江がいつまでも床にいては周囲が心配するからだ。

夜も明け切らぬ四時に起き出し、朝食の支度を手伝う。朝食が済めば母と裁縫をしたり、父からいただいた本を読んだりして過ごす。難しい本や雑誌は下品なものとして与えてもらえなかったため、織江が知っている本というのは絵本がせいぜいだったのだが。

美しく清らかで崇高《すうこう》な精神だけが、手に届く真実だった。

だが今、織江には穢れきった肉体と陰湿な陵辱の日々しかない。

最初の交わりから一日も置かず、君彦は朝に晩に織江を犯しにやってくる。

一度目、二度目と必死になって抵抗していたのが遠い過去のようだ。どうせ逆らっても無駄でしかないとわかった三度目から、織江は一切の抵抗をやめた。

犯したければ犯せばいい。どうせ島民の役にも立たず、マレビト様の慰めにもなれない女なのだ。織江にとって現在の状況はまさに、生きることからも死ぬことからも見捨てられたようなものだった。

『ぼくを憎め』

彼の囁きが、吐息が、耳の奥に積もって消えてくれない。暴君のようなふるまいをしながら、その声には懇願するような響きがあって、思い出すたびに胸の中を掻き回されているような気分になる。

すると男が出て行ったばかりの木戸の外で、君彦の声がした。

「……業正《なりまさ》」

業正というのは先ほどの中年男の名前だ。何度か、君彦がそう呼んでいるのを聞いている。この島はもともと無人島だったようなのだが、業正が勝手に住み着き、このような小屋を島内にいくつか建てたらしい……というのも盗み聞いた会話からの情報だった。

「どうした、君彦」

「織江は、食事は」

名前を呼ばれ、反射的に肩が跳ねる。頭では諦めていても、本能はまだ抗うつもりでいるのだ。なんて律儀なのだろうと、織江は他人事のように思う。

「食っちゃいねえよ。あれじゃ緩やかな自殺だ」

業正はひとつ息を吐いてから言う。

「おまえに任せた以上、俺に文句を言う権利はないが、あまりヤケになるな。焦りすぎるなよ。二十二の若造とはいえ、力でねじ伏せるだけがおまえの能じゃねえだろ」

君彦だけでなく織江までをも思いやるような口ぶりから、中年の男らしい配慮が感じられる。不思議と、業正はこうしてたびたびふたりを気遣うそぶりを見せていた。

君彦の協力者でありながら、どことなく中立のようでもある。どちらにも距離を置いているという意味ではなく、どちらの肩も持つような。とはいえ君彦と結託して織江を攫った前科を思えば、君彦を敵に回してまで織江の味方になってくれるとは考えがたかった。

「……まあいい」

ややあって口を開いたのはまたもや業正だ。

「ところで、長沖《ながおき》みねの件はどうなった。口説き落とせたのか」

長沖みねは漁師の娘だ。一昨日、妹と訪れた喫茶店で君彦が逢い引きしていたのがみねだった。織江と同い年だが、面識はほとんどない。すらりとした体格の、健康的な美人であるという程度の印象だ。織江は学校にも通っていなければ外出も自由にはできなかったから、名前は典子から聞いて覚えた。

「……いい線まではね。あの子は織江以外で珍しく十八の処女だから、慎重に事を運ぼうとした結果……間に合わなかった」

「そうか」

「ほかにも探したんだ。適した娘を」

そう言った君彦の声は暗かった。

「それで島にいる年頃の女、全員の肌を拝《おが》ませてもらった。何人かは、悪くなかったよ」

抱いたと言いたいのだろう。やはり祭司の資格を剝奪されるだけのことはある。ふしだらで嫌な男。きっと、織江にしたように島の娘たちも快楽に溺れさせたのだ。想像すると、さらりとした口調まで癪《しゃく》にさわるようだった。応えて業正が言う。

「おまえに口説かれても、言いなりになるほどの処女はいなかったか。まあ、普通はそうだろうな。好いた男のためとはいえ、喜んで土中《どちゅう》に生き埋めにされる女はそうそういない」

「わかってたさ。それでも片っ端から口説いたんだ。こうなるまでは、ああやって年頃の処女を探すのが最善の策だったから。だが、剝いてみれば処女でない女も多かった」

「小さい島の中でも、やることはやってたか」

「恋人がいるならまだいいんだ。せいぜい一晩楽しんで、後腐れもなく別れられる。自由恋愛の醍醐味《だいごみ》じゃないか。だが、大半が恋人などいない。生贄にされまいと、娘が十八になる前に、親がどこぞの男に依頼して無理矢理姦通《かんつう》させる手口が横行している」

「……考えることは皆同じか」

「ああ。彼らを非難する権利は、今のぼくたちにはないよ」

木戸の向こうで繰り広げられる会話に、織江の心はすうっと冷えた。

会話の内容から、君彦が織江を誘拐して純潔を奪うだけでは飽き足らず、他の女をマレビト様のもとへ送ろうとしているとわかったからだ。

「あとは、もちろん織江の妹にも声を掛けたよ。本島にいる間に偶然を装ってね」

典子にまで。冷え切ったはずの心の奥から、烈火のような怒りが込み上げてくる。

「へえ。だが、戌井の家は潔癖だ。君彦の器量をもってしても難しいだろう」

「……そういう環境で育った女ほど、冒険したがるものなんだよ。時間さえあれば、彼女にこそ『箱』を抱かせたかったたな。なにしろ典子はあの家の本当の――」

織江はぎゅっと両手で拳を作って、布団の上に体を起こす。しばらくの間、周囲の音など耳に届かなかった。もしも典子まで君彦によって自分と同じような仕打ちを受けたらと思うと、息もうまく吸えなかった。典子は織江よりしっかりしているから、こんな男の誘惑になど負けないはずだ。信じているけれど、だからといって君彦への怒りが収まるわけじゃない。

「なあ、業正。ぼくからも聞きたいことがある」

木戸の外では、ふたりの会話がまだ続いていた。

「なんだ？」

「考え直せないのか。他に道はないのかよ。だって、やっと」

「誰が何を考え直すって？　現状、禍根《かこん》を残さない方法なんてひとつしかない。君彦だって納得したはずだ。いまさら、俺に期待なんてするなよ」

すべてを聞き終える前に、織江は肩を震わせて起き上がった。向かったのは木戸とは差し向かいの位置にある窓だ。ガラスなど嵌まっておらず、雨戸だけがついたその窓は、織江の胸ほどの位置にある。普段なら決して出せない力を振り絞って身を乗り出すと、織江は転げ出るようにして小屋を抜け出した。

妹を思うと、じっとしてなどいられなかった。典子の無事を確かめて、君彦の誘惑になど乗ったらいけないと伝えなければ。

（島へ戻らなくちゃ）

裸足のままで雑草をかき分け、林を抜けて砂浜を駆け下りる。どこから上陸したのかも、どちらの方角がもといた島なのかもわからないが、故郷の島よりずっと狭い。真っ直ぐにつま先を向けたのは海だった。

「……っ」

波打ち際に左足を入れると、足の裏に激しい痛みを覚える。林を駆け抜けた際に、木の枝でも刺さったのだろう。必死だったから気づかなかった。

だが、痛かろうがかまわなかった。どうせ死ぬときには壮絶な苦しみを伴うのだ。

痛みは崇高だ。悟りという清らかな目的のために苦行があるように。そして清貧《せいひん》という言葉があるように、貧しさという苦しみに耐えて手に入れるのは清らかさにほかならない。

耐え忍んで得られるものは、必ず至高なのだ。

「マレビト様、ど……うか……っ、わた、しを」

どうか妹のところへ導いてください。叶わないなら、御許《みもと》まで連れ去ってください。純潔でなくなってしまった自分にはもう『箱』を抱いて生贄になる資格はない。だがそれでもかつての娘の魂を持つものとして、もしマレビト様が自分を必要としてくださるなら……この身をかけてお願いしたい。これ以上、他の乙女を求めないでくださるように。

心に強く願って、織江は沖へと海水をかき分ける。もといた島へ辿り着くとしても、死してマレビト様のもとへ行くとしても、どちらも本望だと思っていた。

ざぶんと音を立てて何度か波に呑まれると、鼻の奥が強烈に痛む。海水を吸い込んだのだ。塩辛さが喉の奥まで広がって、織江は咳《せ》き込む。

苦しい。息を吸いたい。でも、これがマレビト様に会うための崇高な痛みなのだとしたら受け入れられるはず。

しかし意志に反して、織江の両腕は波を掻く。酸素を求めて、浮かび上がろうとする。恋しいマレビト様がこの苦しさの向こうで待っているかもしれないのに、尻込みするような自分の行動が自分でも理解できなかった。

耐えるべきだ。マレビト様のためなら、喜んで死ねるはずだ。それなのに体は生きようとする。今まさに命が終わるかと思うと、強く生への渇望が湧き上がってきて止めようがない。心は死を願っているのに、体が持つ反発力のようなものに弾き返されてしまう。

「……っは……、げほっ」

苦しい。マレビト様。マレビト様。

耳元では波音と無音が繰り返し、死後の静寂を垣間見ているようだ。鼻の奥の痛みは強くなるばかりで、いつ解放されるとも知れない。

渦のような強い力に全身が翻弄され、心は生への渇望に流される。

苦しい。ただ苦しい。

息がしたい。

「織江ッ……!!」

そのとき波音に紛《まぎ》れて、すぐ近くで呼ぶ声がした。ほぼ同時に左の二の腕を摑んで後ろへ引っ張られる。間近に見えたのは君彦の取り乱した顔だった。

「馬鹿、泳げもしないくせに海に入るな！」

焦った声で窘める彼を、織江はむせ込みながら見上げる。胸には、助かった、という安堵感ばかりが込み上げていた。マレビト様のもとへ行けなかった。死にたかったはずなのに死ねなかった。それなのに自分は安堵している。

「どう……して……」

茫然《ぼうぜん》と立ち尽くし、織江は波に視線を落とした。自分は死を望んでいたはずではなかったのか。今更、何故生きていることにほっとする？

まさか、内心ではずっと生きたがっていたとでもいうのだろうか。愛するマレビト様の

ためであろうと、死にたくないと思う気持ちがあったとでもいうのか。いや、そんなことはない。そんなはずが――。

自失している織江を、君彦は抱き上げて右肩に担いでしまう。

「ぼくと一緒に来るんだ」

抗って逃げ出そうという意志はまるで湧いてこなかった。自分が自分でなくなってしまったみたいだ。頭と心の不一致が理解できない。

自失している織江を横目で見て、君彦はかすかに舌打ちをする。そして濡れたシャツとズボンもそのままに、織江を抱えて小屋へ戻った。途中、心配そうな顔の業正とすれ違ったが君彦は何を言うでもなく、険しい顔で唇を一文字に引き結んでいた。

小屋に着くと彼は木戸を足で乱暴に開き、織江を板の間に放り出す。痛みに唸ると、潮くさい着物を乱暴に引き剝がされた。

「死のうとした罰だ。いつもよりもっとひどく、獣のように抱いてやる」

湿った肌の上を、湿った掌が撫でる。右の乳房を摑み、荒々しく揉み込まれる。

「あ……」

抵抗しようとしたが、力が入らない。死ななかった事実にまだ茫然としていて、自分の身に起こった出来事についていけなかったのだ。

「……まるで抜け殻だな」

呟いた君彦は自嘲するように笑って、切なげに織江を見下ろす。

「どうしてきみはそうなんだ。怒りは全部ぼくに向けたらいい。醜《みにく》くても本能のまま、生への欲求に従えばいい。それなのに何故、いつまでたってもお綺麗な精神で死に向かおうとするんだ」

その顔を見上げ、織江は既視感のような不思議な感覚を覚えていた。やりきれないと言いたげな、漆《うるし》のような真っ黒な瞳。寂しさを奥に隠しながら、何かを訴えかけてくる視線。

この目を、いつかどこかで見たことがある。

でも、どこで……？

「……きみさえ、がむしゃらに生きようとしてくれたら、ぼくは……」

絞り出される掠れた声に、戸惑いに満ちた心がひりつく。君彦は何を言っているのだろう。これでは縋られているようだ。織江がマレビト様に救済を求めるのと同じように。

――どうして。

混乱すればするほど胸はざわつき、わけもなく切なくなった。それだけの感情を呼び起こすような熱量を、このときの彼の視線は持っていたのだ。

「あ……なた……？」

織江がそう声を掛けると、君彦ははっとして表情を変える。まずいとでも言いたげな反応だ。そして彼は何事もなかったかのように、陰湿なものを視線に滲ませる。

「覚えておくといい。きみが捨てるのなら、その命は何度だってぼくが拾う」

「きゃ……っ」

悲鳴を上げてしまったのは、強引に体を返されたからだ。うつ伏せにされ、腰を摑んで高く上げられる。自分の意思とは関係なく、膝を立ててお尻を突き出した屈辱的な体勢にさせられて織江は震える。

「な、なにを……」

「わかっているくせに。だってきみは自分で自分を捨てた。いらないんだろう？　この体」

君彦が自分の右の指先を舐めたのが、右肩越しに見えた。なにをしているのか理解する前に、その指で秘所を撫でられる。塗りつけられた生ぬるい液体は、君彦の唾液に違いない。

「生への未練を失っている限り、きみは永遠にぼくの愛玩物だ」

腰を摑んで持ち上げられると、硬い熱が割れ目に押し付けられた。身構える間もなかった。膨れ上がった邪な欲望が、秘所を割って迷いなく織江の中心に穿たれる。

「ン……ぅあァっ!!」

織江の内側は当然、男を受け入れる準備など整っていなかった。海水で湿って、かえって引っ掛かりやすくなっていたくらいだ。だが狭窄したその場所には、昨夜放たれた彼の精が戻ってきていた。それは唾液とあいまって、適切な役割を果たした。滞りなく根元まで雄のものを埋められ、胎内を支配されて、織江は恥辱と快感の間で悶える。

（どうして私なの）

相手になる女はほかにもいるはずだ。君彦に惚れていて、喜んで体を開く女が何人も。

それなのに何故、これほど自分に固執するのか。

単に『箱』を抱かせたくないというのなら、純潔を散らした時点で君彦の目的は達成されたはずだ。清い乙女でなくなった織江にはもうその役割を担えない。すると重ねて犯す必要も、そのために生かしておく利点もない。それなのに、どうして。

「どうして……っ！」

板の間にきつく爪を立て、織江は君彦を肩越しに睨む。憤《いきどお》りと混乱と、様々な感情がないまぜになって、そうでもしなければ破裂しそうだった。

「ああ……織江、いいよ……」

君彦はそんな織江を見下ろし、恍惚の表情になる。

「その目だ。ぼくへの憎しみに満ち、生気に満ちあふれた瞳……」

卑猥な音を立てて屹立を出し入れされると、喉の奥がひゅっと鳴る。男の塊に、最奥をがつがつと突かれている。思うままに腰を振りながら、君彦ははあっとため息を漏らす。

「もっと睨んでごらん」

「ふ……っ、う、ぁ……あ」

「ゾクゾクする。最初からこの体勢で犯せばよかったな」

内側が収縮して、さかんに君彦のものに絡みついている。朝に晩に繰り返し抱かれ、強制的に弾けさせられ続けた所為だろう。いつの間にか織江の体は君彦の形を覚え、自ら快楽を欲しがるようになってしまっている。

「心では反発しても、きみのここは裏腹だね。そんなところも可愛いよ。むきになって吸わなくても、すぐにあげるから焦らなくていい」

「やめ……っ、いや、もう、中には……」

「無茶を言うなよ。きみが悪いんだ。きみのその憎々しげな視線が、ぼくを煽《あお》るから」

腰を左右から摑む手は横暴《おうぼう》だ。織江の真っ白な肌に指先を食い込ませ、前後に揺すってくる。織江はもはや否応なく、自ら彼のものをしごく格好になっている。

生暖かい液が太ももを伝って、膝まで滴ると背中に鳥肌が立った。板の間に立てた爪に力を込め、織江はこぼれそうな涙に耐える。

「……っあなたなんて、嫌いよ……」

自らの右の肩越しに彼を振り返ると、ふと、先ほどの切なげな目が思い出されて胸が痛んだ。だからこそ、織江は言わなければならなかった。

「何度穢されたって、私は……マレビト様を愛してるわ……」

自分にそう言い聞かせていなければ、嵌まり込んでしまいそうな感情の裂け目が織江の中にはあった。死に対する自らの矛盾と、君彦の寂しげな視線が生んだ穴。近づいてはならないと思うのに、意識がそちらに向かってしまう。

すでに内壁はびくびくと震えて、屹立の出入りを歓迎してしまっている。せめて心だけはしっかり保っておかないと、きっと取り返しのつかないことになる。

するとすうっと君彦の視線から俗っぽい欲が消えた。

「きみは口ばかりだ。いやだいやだと言いながらぼくに抱かれて快くなって、好きだ好きだと言いながらその男の真実を知りもしない」

「そんなこと……っ、そんなこと、ない」

「本当に？」

蜜に濡れた隘路を、淫らな音を立ててよりいっそう激しく屹立が出入りする。やましさにまみれた快感に震える織江を、君彦は真っ直ぐに見下ろして言う。

「……きみが知る『マレビト』は本当に島民が信仰している『マレビト』か？」

その視線は本島で出くわすたびに向けられていたものと同じ。粘着質でありながらどこか諦めていて、それなのに奥から何かを訴えかけてくるような。織江はまた凄烈《せいれつ》なものをそこに見たようで、心臓をきつく摑まれている気になる。

（どうしてこんな気分になるの）

憎いはずの君彦から目が離せない。

「生きろ。ぼくが憎いなら」

今、その言葉を言わないでほしかった。向かってはいけないほうへ、意識が持っていかれてしまう。抗いようのない引力に引きずられてしまう。

すると君彦は、織江の背中におもむろに覆い被さった。業正が持ってきた椀に右手を伸ばし、粥を口に含む。右に振り向かせられた途端、無理矢理口移しでそれを飲まされて織江は目を見開く。

「ンぅっ……ア……！」

どうしてこんなことを。こくりと喉が鳴って、とろみのある液体が胸に下るのがわかった。むせ込む織江の耳もとで、君彦はまた生きろと言う。

「死を望む気持ちなんて、まやかしだ」

独り言のようなその言葉は、長く信じてきた恋心をも強く揺さぶる。死を望む気持ちはまやかし――自分はまやかしに縋ってきたのだろうか……違う。父や母が教えてくれたことに、間違いなんてあるはずがない。

これ以上追い詰められたら引き返せないところまで堕ちてしまう。逃げなければ。だがうつ伏せでがつがつと腰を打ちつけられていては、叶わなかった。

「ぼくを憎め。恨んで憎んで、いつか殺してやるつもりで……生きろ……!!」

そこで動きを止めた君彦は、織江のうなじに唇を押し当てて息を呑む。内壁が大きく広げられる気配がして、直後に濃いものを注がれる。続けざまに与えられる熱に、織江は思わず身震いして弾けた。

「あ、ぁあ……っ」

感じてはだめ。そうして織江は必死でマレビト様を想おうとするのに、耳の奥に君彦の縋るような声が、瞼の裏に切なげな瞳が何度も蘇って心を惑わせる。

『生きろ』

――だめ……考えたらだめ。

板の間に顔を伏せてふるっとかぶりを振ると、ふいに右耳に柔らかなものが当たった。

「おり、え……」

君彦の唇だ。口づけられたのだと気づいたのは、癖のある前髪が軽くこめかみをさらったからだ。掠れた声で、君彦は懇願するように繰り返す。

「織江、織江、織江……っ」

あまりに熱っぽい感触が、何故だかとても恐ろしかった。

「いや……ぁ」

怖い。すでに心まで搦め捕られている気がして怖い。緩慢な動作で君彦を振り払うと、蜜源から男のものが抜け落ちる。生暖かい液体が蜜口から溢れ、板の間に散る。同時に、織江の体の右側でカツンと軽い音がした。

見れば、板の間に石が落ちている。子供の親指ほどの大きさの、翡翠色の勾玉だ。

（あれは）

思わず目を瞠《みは》った。勾玉の表面に、特徴的な花の彫りものが施されていたからだ。前世の記憶で、マレビト様の胸にあったものと同じ。マレビト様のものだ。

――どうしてこんなところに。

振り返れば、君彦が喉元を掌で探っている。そこに千切れた紐を見つけ、ああと納得した顔をする。動作から、彼がマレビト様の首飾りをつけていたことは明白だった。

（彼が、マレビト様のものを……何故）

まさか祠を暴いて盗んだのだろうか。だが、祠の地面は掘り返せない。マレビト様が万が一にも蘇り、災いを島にもたらさぬよう、島民総出で墓の上に大岩を置いて塞いだのだ。その上に、木製の社が建てられている。簡単には退かせない。

しかし盗んだのではないとしたら、どうして君彦がこれを持っているのか――。

狼狽える織江を一瞥し、君彦は何食わぬ顔で勾玉を拾い上げる。それから衣服の乱れを直して土間に下り、水甕の水を柄杓《ひしゃく》で汲《く》んだ。何をするのかと思えば、織江の左足を洗い始める。それだけじゃない。ご丁寧にもアルコールで消毒し、清潔な布をそこに巻きつけた。

「な、なにをするの」

「動くな。手当てをしているだけだ」

結び目を緩く作り、布の先を巻いた布の端に挟んで留める仕草は丁寧だ。

「おとなしくしていろ。傷口が開くから必要以上に動くなよ。いいな」

それだけを言い残し、君彦は小屋を出て行く。

彼の足音はすぐに、風にそよぐ雑草のざわめきに掻き消されてしまった。どちらの方向へ向かったのかすら見当もつかない。織江は数時間前に諦念ばかりを浮かべていた双眸で、君彦が出て行った木戸を見つめた。しばらくの間、そうしたまま動けなかった。

憎めという言葉と生きろという言葉が、交互に耳に蘇る。波のように押し寄せては引いて、死にきれなかった織江の胸に沁《し》みてゆく。

君彦は何故織江を絶望させ、そのうえで生かそうとするのだろう。織江が死を望むたび、歯がゆそうな顔をするのだろう。

彼は一体、何を考えているのだろう――。

3章

強く望んでも、焦がれても、織江の手は死に届かなかった。

覚悟を決めていたはずの死に踏みきれなかったことは、ショックよりも疑問を織江の内に与えた。自分には生への執着などないと思っていたのに、何故だろう。波に呑まれかけた瞬間、マレビト様に逢いたいと願う気持ちより強く、ただ息をしたかった。息苦しさから逃れるためだけに、織江は生きることを選んでいた。

――生きる、って……私にとって、どういうものだった……？

考えると、一日がとても長いもののように感じられた。この長い一日が連なって、先の見えない長さになる。途方にくれるような莫大な時間を背負う――これが生きるということなのだろうか。

言うなれば織江は今、ないと思っていた続きの人生を前にしているようなものだ。目的もなければあてもない。いつ終わるとも知れぬ時間の流れを思うと、広大な土地にぽつんとひとりで取り残されているような気さえするのだった。

するとその晩、君彦は小屋にやってこなかった。監禁が始まって以来、半日以上も顔を合わせずにいるのは初めてのことだ。

何故やってこないのかと考えかけて、織江は布団の中でふるふると首を振った。違う。君彦を待っているわけじゃない。来ないなら来ないで、安心して眠っていればいい。

寝返りを打って見上げた窓は、わずかな隙間風を招き入れるばかりだ。月が出ているかどうかもわからない。逃亡防止のための釘を打ち付けられているので、開けることはできなかった。

(あの勾玉……)

どうしてあれが君彦の手元にあったのか。考えないようにしようと思っても、頭に浮かんでくるのはやはり君彦のことばかりだ。

もしも——彼がマレビト様だったら?

織江と同じように、かつて前世で織江を愛した記憶があるのだとしたら。その印として、あの勾玉を持っているのだとしたら。

いや、ありえない。彼がマレビト様なら織江を陵辱して『箱』を抱けない体にはしないだろうし、生きろなどとは言わないはずだ。

——でも、それなら何故彼があの勾玉を身につけていたの?

そんなことを夜中悶々と考え続けていた所為で、寝起きは頭がぼんやりしていた。布団から出て、衣紋掛けに干してあった白い着物に触れてみる。海水で濡れてしまったため、昨夜のうちに水甕の水で軽くすすいでおいたのだが、乾ききらなかったみたいだ。

（いいわ、もう裸のままで）

着替えたって、どうせ君彦に汚されるだけだ。彼が来なくても外へ行けるわけではなし、いっそこのままでいればいい。諦めて布団に入り直したら、戸の向こうからつっかえ棒を外す音がした。

「織江！」

やってきたのは君彦だ。いつもと違い、焦った様子で勢いよく飛び込んでくる。

「これを着ろ。すぐに小屋から出るぞ」

布団の上にばさりと投げられたのは着物だった。薄桃色の、桜の柄の上品な着物だ。淡い黄色の帯に、萌黄色の帯揚げまである。だが、一体何故。今日は趣向を変えて綺麗な着物を纏った織江を犯そうとでもいうのだろうか。訝しむばかりで動かずにいると、君彦は苛立った様子で織江から掛け布団を取り上げた。

「着ろと言っている。さもなければ、島の者にその素肌を晒すことになるぞ」

「……島の者？」

思わずこぼした疑問に、君彦は衣紋掛けから白い着物を剝ぎつつ「ああ」と答える。冷静な状態で会話らしい会話を交わしたのは、これが初めてかもしれなかった。

「きみの親戚を中心とした島の男たちがこの島に上陸しようとしている。恐らく、いや、間違いなくきみを奪還するために」

「私を……本当に?」

「ぼくはきみに嘘など言わない」

奪還ということは助けに来てくれたのだろう。つまり織江は『箱』を抱く乙女として島の人々にまだ必要とされている。別の娘が織江に代わってその役割を担うという話にはなっていないのだ。

——よかった。

織江は胸を撫で下ろすと同時に、不安になる。死……彼らとともに島へ戻ったら、待っているのは死だ。加えて、どんな顔をして打ち明けたらいいのかわからなかった。

自分がもう、純潔でないことを。

「早く着るんだ」

「……でも」

会うのも会わないのも怖い。

「そのままの格好でぼくに担がれたいのか」

強引に抱えられそうになり、織江は慌てて着物を手に取った。彼はやると言ったらやる。

島の人に会ったらどうするかは別として、着物だけは着なければ。

するとその着物は桜の花が裾に向かって散っている、雅やかな小紋だった。こんなに狭い島の中で調達できるはずはないから、別の島から持ち込んだのだろう。広げると、他所の家の匂いがした。

　しかし四日もまともに服を着ていなかった所為か、身につけると身体中に違和感がある。皮膚がやけに敏感で、布が滑る感触にも鳥肌が立つような。そうしてそわそわしていたら、髪をまとめないうちに君彦に右腕を掴まれた。

「髪なんてどうだっていい。行くぞ」

　強引に背負われる。自分で歩けると訴えたが、君彦は譲らなかった。

「傷口の開いた足で林を突っ切るなんて無謀だ。心配しなくても、親戚の顔だけは見せてやる。だからしばらくの間、おとなしく運ばれていろ」

　彼の言うとおり、織江の左足の裏にある傷はまだ塞がっていない。怪我をした直後に海に入ったのがよくなかったのだろう。昨日君彦に巻かれた布にはうっすらと血が滲んでいて、意識するとズキズキと痛む。

　君彦と密着していたくはないが、致し方ない。わかったわと答えて首につかまると、君彦は肩を軽く揺らして笑った。

「いつもそんなふうに従順なら助かるんだけどな」

「い、今だけよ。誰があなたに従順だなんて」

「きみはもともとても素直だ。その性質に逆らわず、広い世界に目を向けて、いろんな意見に耳を傾けたほうがいい。たとえそれが自分にとって都合の悪い真実だとしても、これから生きていくためにね」

何を言いたいのだろう。織江はまるで、いわれのない説教を受けたような気分になる。視野を広くと言われても、自分は妹や兄のように本島へ行って学べるわけではなかった。あの島のあの屋敷の中だけが正しい世界で、それ以外を知る必要もなかったのだ。

(だって、死ぬ運命だったんだもの)

見識を広めたとしてもあとになって役に立つわけではない。十八になるまで生きるための知識があればよかった。まさかこんなふうに、命の続く日々が待っているとは思いもしなかったから。

君彦は……己の人生についてどう考えているのだろう。

自分を背負って林を進む彼を、織江は無言で右後ろから見つめる。歪みのない鼻筋に、甘さを感じさせる輪郭。癖のある前髪と、思惑の読み取れない瞳。そして微笑んでもいないのに口角の上がった、色気の象徴のような唇。

陽の光のもとでも君彦の容貌《ようぼう》は妖《あや》しいくらい美しく、自分だけで眺めているのが惜しいほど見事だった。

「ここに座れ。すぐに業正がきみの親戚を連れてくる」

「あ、会わせるつもりなの……？」

「まずは身をひそめて、話を聞くだけに留めておいたほうがきみのためだと思う」

どういう意味だろう。

君彦に連れられて辿り着いたのは、海辺からわずかに林を上がったところにある岩場だった。ごつごつと盛り上がった岩壁は、ところどころが波に浸食され大穴をあけている。まるで乾燥させたへチマみたいだ。スカスカしていて風通しが良くて、通る空気は冬の日のように冷たい。

そのうちもっとも小さな穴に君彦と並んで座り身をひそめると、しばらくして海岸の方角から業正が姿を現した。五、六人の男を連れているが、顔は確認できない。

「俺はこの島に何年も前から住んでいるが、織江なんて娘は見たこともねえよ」

そう言って業正が穴を塞ぐように立つと、守られている気がして織江は不思議と安堵した。島の人たちの顔を見て、わざわざ捜しに来てくれたお礼を言わねばならないことはわかっている。マレビト様への生贄に代役を立てずにいてくれたことも。だが、生への葛藤が織江の気持ちを迷わせていた。

「嘘を言うな。陣宮司の長男とおまえが結託して織江を連れ去ったのはわかっている」

次に聞こえてきたのは父に似た声……叔父の声だ。織江の位置からは業正の背中しか見えないが、彼の会話の相手は織江の叔父らしい。その声はいつになく切羽詰まっていて、普段の穏やかさが嘘のようだ。これまで「織江ちゃん」と優しく呼ばれていたことを思い出し、強い口調で呼び捨てられた事実にどきりとする。

「織江を出せ。あれはただの女じゃない。神の花嫁だ」

「神？　狭い島の中の常識を島の外に持ち出されても滑稽《こっけい》にしか思えんな」

　一方の業正もまた、織江に話しかけるときとは別人のように強気だった。わざと人を食ったようにしている感じがするのは気の所為だろうか。

「とにかく渡せ。陣宮司の長男もだ。あの男は二度も我らを欺《あざむ》いた極悪人だ。祭司の資格を取り上げるだけでは足りん。今度こそ相応の報いを受けさせてやる」

　憎しみが滲んだ言い方に、織江は耳を疑った。君彦が彼らを欺き、祭司の資格を剝奪された？　失格者となったのは、ふしだらな男だからではなかったのか。

「欺いた、か。じゃあ聞くが、あんたらは誰ひとり欺いていないのか。誰ひとり騙さず、誰ひとり連れ去ったことがないと言えるのか」

　毅然とした声色で言うと、業正は右手で左の手首を押さえた。薄汚れた木綿の布を巻きつけた上から、握りしめるようにぎゅっと。あの下に何があるのだろう。疑問を覚え、織江は右隣の君彦を見る。君彦は気まずそうに、穴の壁面を下から上へ視線で撫でる。

「我々の島の生活について、部外者にどうこう言われる筋合いはない。これ以上、ふたりを庇《かば》い立てするのは許さない」

「庇ってなどいねえよ。織江なんて女は知らんと何度言わせるつもりだ」

「ならばくまなく捜索させてもらうまでだ」

　そこで叔父は仲間を振り返ったようだった。

「おい皆、君彦と織江を捜せ。織江のほうは腕の一本や二本なくたって、辛うじて生きていればかまわない。どうせ死ぬしか能のない娘なんだからな」

――え。

恐ろしい宣言を耳にし、織江は無意識のうちに君彦の左の袖口を右手で握っていた。腕の一本や二本……本当に叔父の言葉だろうか。死ぬしか能がないと、ずっとそんな目で自分を見ていたの？

心臓がどくどくと脈を打つと、恐怖が全身に沁み渡っていった。他の追っ手たちも同じように考えているのだろうか。織江を生贄として葬れるのなら、手段なんて選ばないし本人の意思も関係ないと。

確かに、死は織江のかねてからの願いだった。痛みを伴う高潔な行いであり、マレビト様のもとへ行く唯一の手段。誰にどんなふうに思われていてもかまわないはず。

だが今脳裏によぎるのは、昨日波に呑まれかけた瞬間のこと。

息苦しさと恐怖にもがいて、初めて本当の死を目の当たりにした気がした。引き揚げてくれた腕の力強さに、縋るような思いを抱いた。彼に助けられ、死なずに済んで良かったと、織江は心の底から安堵したのだ。

（私……わたしは……）

君彦の袖口を握る手が震える。

すると彼は気持ちを察したように織江との距離を詰め、右にぴったりと体を寄せた。無言のまま、まるで大丈夫だと言わんばかりに。

憎いはずの男なのに緊張が解けてゆくのは、彼に限って織江を死に追いやるつもりがないとわかっているからだ。

——生きろと言ったわ……。

これまで、織江を犯しながら君彦は何度もそう言った。死を崇め死に憧れていた自分には禁忌のようだった言葉。妹の典子でさえ、悲しみこそすれ生きろとは言わなかった。父にも母にも兄にも、生を望まれたりはしなかった。

「……ねえ」

あなたは一体何を考えているの？　どうしてこんなふうに、私の命を救おうとするの。

そう尋ねようとすると、しいっと言って唇の前に人差し指を置かれた。

「もう少しの間、静かにしていたほうがいい」

わずかに眉を寄せた顔が、薄闇に紛れて見える。ガラス質のように繊細で、憂いのある表情だった。どきっとして思わず視線を逸らすと、彼のシャツの襟元から、例の勾玉の装《そう》身具《しんぐ》がかすかに見える。

（もしも、この人がマレビト様の魂を持っているのだとしたら……）

一旦胸の奥に沈めた可能性が、またゆっくりと浮かび上がってくる。

もしかして、と思った。マレビト様の魂もまた織江の魂と同じように此岸《しがん》にあるから、彼は織江の死を望まないのかもしれない。

しかし、そう考えると矛盾が生じる。もしマレビト様が本当に織江を死なせたくないと考えているなら、『箱』を閉じたままにしておいたはずだ。急かすように島民の命を奪ったりもしないと思う。それなのに今年、すでに『死の病』で死者が出ている。

(何かがおかしい……？)

その後も業正と叔父は互いに牽制《けんせい》し合っていたが、少しすると叔父のほうが引いたようだった。懐かしいようで恐ろしい気配がみるみる遠ざかっていく。

しばらくして、業正の顔が穴の入り口から斜めに覗いた。

「ひとまず全員散ったぞ。少し行った場所にランタンを用意してあるから、それを持って奥の洞窟《どうくつ》へ進むといい。半ばまで行けば俺の小屋の近くに出るし、鍾乳洞《しょうにゅうどう》まで行けば舟を泊めてある。いざとなればそこから直接海に出られるぞ」

業正はそう言ってから織江を見下ろして、目を丸くする。

「へえ、よく似合うじゃないか。その着物、いつまでも未練がましく持っているのもどうかと思ったが、案外役に立ったな」

「未練……？」

尋ねた織江に、業正は目尻《めじり》に細かなしわを寄せて笑う。ほんの少し寂しそうに、愛おしいものを見るように。

「それは一式、俺の女房《にょうぼう》の形見《かたみ》だ」

意外な一言だった。彼くらいの年齢ならば結婚の経験があってもおかしくはない。しかし織江はそれを想像してこなかった。何故なら彼には結婚していた気配がまるでないのだ。

過去に蓋をしているみたいに——死別しているなら当然かもしれないが。

「そんな大切な着物、私が着てしまっていいんですか……」

「いいんだよ。他の女には許せなくても、お嬢さんには着てほしい。この着物は、妻の形見の中でも特別意味のあるものだからな」

どういう意味だろう。業正を見つめる織江を、君彦はその場に立ち上がらせる。

「行くぞ」

「行くって」

「さっきの話を聞いてもまだあの島へ戻りたいのか。だとしたら、きみは相当な愚か者だ」

そのときようやく織江は理解した。君彦が自分に、叔父と業正の会話を聞かせた理由を。彼は叔父の本音が織江にとって、悪い意味で意外なものだと見越していた。だからあえて織江の姿が見えないところで、業正と会話をさせたのだ。

この人はきっと、織江が思うよりずっとたくさんの真実を知っている。そして物事の本質を深く考えている。

「ぼくと一緒に来い。本島まで逃げるんだ」

簡単には首を縦に振れないが、もはや横にも振れそうになかった。どうせ死ぬしか能がない、という叔父の言葉が繰り返し耳の奥で響いている。

（本島……）

本島にいる自分など想像もつかない。それも、君彦と一緒だなんて。ひとつわかるのは、典子が見せてくれた新聞の切り抜きのような別世界がそこにあるということだけ。きっと織江は本島で、これまで考えもしなかった世界を知る。

　ああ、でも、織江がこのままいなくなったら家族はどう思うだろう。今も心配しているはずだ。マレビト様のことだってそうだ。幼い頃から想い続けてきた彼に、ここへきて織江が募らせているのは疑問だ。このもやもやを抱えたまま、新しい一歩を踏み出せるはずもなかった。

　死ぬのは怖い。でも生き続けるのも同じくらい怖い。見当もつかないくらい長い時間をどんなふうに生きたらいいのか、まるきり想像もつかない。

　差し伸べられた手を簡単に取ることもできず逡巡《しゅんじゅん》していると、業正の背後から声がする。

「君彦さん！」

　高い女の声だった。ぎくりとして業正が振り返れば、君彦は織江を庇うようにして壁面に寄せた。穴の外に一瞬見えたのは、緑色のワンピース姿の女――長沖みねだった。

「やはりここにいらしたのね」

「待て」

　駆け寄ってくるみねを業正が阻む。腕を摑んで、穴に近づけまいとする。しかし、みねは聞かなかった。腕を振り払い、穴に飛び込んでこようとする。そこで君彦は素早く穴から出ると、業正とともに織江を背に隠しつつみねの視線をさりげなくよそへ向けた。おかげで、織江が穴の中にいることには気づかれなかったようだ。

「どうしたんだい。どうしてこんなところにきみが？」

君彦の態度は白々しいほど柔らかい。

「まさかわざわざ舟を漕いで来たのか？　ぼくのために？」

「いいえ、父と一緒よ。父が織江さんの叔父様についてあなたと織江さんを捜しに行くというから、連れて行ってくれなきゃ手首を切ると言って無理矢理同乗してきたの」

「何故そんな無茶を」

「あなたがここにいるかもしれないと聞いて、いてもたってもいられなくて」

みねの目にはもはや君彦しか映っていない。側にいる業正は空気も同然だ。それだけ君彦に夢中なのだと、織江にもはっきりわかった。

きっと君彦が織江を強引に犯したことなど、彼女は想像すらしていない。

もしかしたらと織江は思う。自分もあんなふうにマレビト様を盲目的《もうもくてき》に見てきたのでは……いいえ、そんなことはない、と思いたい。

「わたしと島へ一緒に戻りましょう、君彦さん」

「さっきの話を聞いていただろう。ぼくは彼らに捕まれば、ただではすまないんだ。なにしろ大切な儀式を中断させて、生贄を逃がそうとした」

「それはあなたが優しいからよ。同情したんでしょう？　島の皆のために埋められる織江さんに。そうでしょう」

同情。そんな薄っぺらなもので自分は君彦に犯されたのだろうか。そう考えるのは、彼が何を考えているのかわからないことよりも不快だった。自分で自分の体を抱き、織江は眉根を寄せる。

「ねえ、父や島の人たちのことはわたしが説得するわ。君彦さんは優しいだけだってわかってもらうようにする。絶対に、酷い目になんて遭わせたりしない。だからわたしと一緒に島へ戻りましょう」

訴えるみねに、君彦は優しく笑いかける。

「ありがとう。嬉しいよ」

織江には決して向けない柔らかな微笑みだ。偽物の笑みだとすぐにわかった。君彦が心の底から笑うとき、表情には陰のある愉悦が浮かぶ。己の美貌《びぼう》がどう歪んでいるかなど、気にせずに笑うのだ。

「ぼくもあの島に戻ってきみと暮らしたい。でも、このままではぼくたちは共倒れだ。きみの家族も、島民も全員ね」

「どうして……」

「マレビト様の『箱』はもう掘り出されている。あれを十八歳の乙女が抱いて埋めない限り、島に平穏は訪れない。全員が、死の病で死ぬんだ」

さあどうする、と君彦の瞳は問いかけていた。望み通りの答えが聞けるか、否か。

「大丈夫よ。父たちがすぐに織江さんを見つけるわ。足を切り落とせば逃げられないって父が言ってたもの。儀式はすぐに済んで、きっと幸せに暮らせる」

清楚なみねの横顔が一瞬、禍々《まがまが》しく見える。叔父だけでなく同い年の彼女までそんなことを言うなんて、失望する以前に衝撃だった。

織江は足を切り落とされて埋められ、彼らは幸せに暮らす——。

するとほとんど会話もしたことのない島民たちが、揃《そろ》って凶悪な素顔を持っている気がしてくる。織江の意思など関係なく、自分たちさえ助かればいいと思っている気がしてくる。

「……ねえ、きみは」

君彦は甘い笑顔のまま、みねを抱き寄せる。さんざん織江の自由を奪い、淫らに乱した腕で当たり前のように。

「きみは、自分が代わりの生贄になろうとは思わないの？　自分の身に迫る危機を、何故ほかの誰かが解決してくれると信じて疑わないんだ」

数日前の織江なら、きっと今ふたりの前へ飛び出していただろう。マレビト様のもとへ行くのは自分だ、誰にも身代わりになどさせないと言って。

だが今は君彦の言葉を、どこか正論だと思っている自分がいる。

誰もが織江の死を、決定事項として考えている。それによって護られる未来のほうに、価値を見出《みいだ》している。誰かが死ななければ自分だって死の病の危険に晒されることになるのに、不気味なほど当事者意識が薄いのだ。

「残念だよ。きみならわかってくれると思ったのに」

君彦は体を翻《ひるがえ》し、みねに背を向ける。途端、彼の表情はすっと冷える。

「き、君彦さんっ。お願い、わたしと来て！」

みねがその腕に縋ろうとしたが、君彦はあっさりと振り払った。

「やめてくれ。ぼくは物分かりの悪い女は好きじゃない」

「今、わたしと戻らないと後悔するわ。あなたを庇えるのはわたしだけよ」

「後悔ならもうしている。とうの昔にね」

その顔には陰が落ちている。これまで目にしてきたどんな表情より、真に迫って見える。振り返らない彼の背中を見つめ、みねはぶるぶると両肩を震わせた。恋する乙女の頃を過ぎ、彼女の気配は怒りに満ちていた。

「あなた……やっぱりわたしじゃなくて、織江さんを好きなのね」

びくりと肩が動いてしまう。君彦が私を好いている？　みねは何を言っているのだろう。ありえない。好意があるならあんなふうに強引に犯したりはしないはずだ。

狼狽える織江の視線の先で、憎々しげな台詞は続く。

「織江さんを攫ったのも駆け落ちするためでしょ。あの女を愛しているから、あの女さえ死ななければいいと思っているから、だからわたしを代わりに殺してもかまわないと考えたんでしょ……！」

そこで君彦は、みねを振り返った。どんな表情をしているのかはわからないが、みねは怯んだようだ。そして聞こえてきたのは、不自然なほど穏やかな君彦の声。

「嫌だな。ぼくは彼女に憎まれたいんだよ」

「憎まれたい……？」

「そう。恨まれたいし嫌われたい。こういう悪い男なんだよ、ぼくは。あまり無邪気に懐くと、きみも痛い目を見るかもね」

「……そんな」

狼狽えるみねに、君彦は駄目押しのように距離を詰めて言う。

「ああ、きみはこういうぼくが好きなんだっけ。失格者との火遊びはスリルがあって楽しかっただろう？　もっと強い刺激が欲しいなら、今すぐにでも与えてあげるけど」

わざと相手を挑発する口調だ。織江ははっきりとそうわかったのだが、感情的になっていたみねは違った。震えながら君彦を涙目で見つめると、ぱっと踵《きびす》を返して林に飛び込む。

彼女が走り去ったのを見て、ようやく君彦は穴のほうへ戻ってきた。

「とりあえずこれでいい。行こう」

もとのように表情を引き締めた彼を前に、やはりと思う。君彦は何か、織江の想像もつかないことを考えている。単純に本島へ逃げるだけで一件落着するような未来を作ろうとはしていない。

穴の中に戻ってきた君彦は、織江を先へと急がせる。自分の右肩に摑まらせ、腰を抱えて歩かせる。わけもわからず奥の洞窟へ進む織江は、先の見えない暗闇に眩暈を覚えた。

＊

「足は大丈夫か。まだ歩けるか」

「……ええ」

岩の隙間には夜がこびりついているようだ。ごつごつした壁面はランタンの光に照らされてもなお黒々とした影を伴っていて、ともすれば襲いかかってきそうな迫力がある。息を吐けばそのたびに白い靄《もや》が顔の前に現れ、震えるほど洞窟内は寒かった。おぼつかない足元を確かめながらのろのろと進んだところで、織江は左に君彦を見上げる。

「あの、私、あなたに聞きたいことがあるの」

洞窟内にはまた、波の音が四方八方で反響していた。ざざ、ざざ、と追いかけてくるようで遠ざかってゆくような、倒錯的なさざめき。体の周囲を照らすのは君彦が提げているランタンで、黄みを帯びた光は彼が一歩先へ進むたびに波より不安定に揺れた。

「なに？」

「祭司の資格のこと。さっき、叔父があなたに欺かれたって言ってたわ」

本当に尋ねたいのは勾玉についてだった。マレビト様のものであるはずの、翡翠の勾玉を君彦が持っている理由。だが、いざ真実を明らかにできるかもしれないと思うと、なんとなく尻込みする気持ちが湧いてきてしまって聞けなかった。

「ああ、ぼくでなく弟が祭司の役目を継いだ理由？　きみはもう知っているはずだよ」

「え？」

「欺かれたと感じるかどうかは、その人の立場と腹の中によるよ。ぼくは欺いたつもりはなかったし、あれが戌井の家の人たちにとっての幸せだと思ったから実行したんだ」

「戌井って……どういうこと？　あなた、戌井家に何をしたの」

立ち止まり、織江ははあっと息を吐く。十分近く不安定な岩場を歩いた挙げ句、立て続けに言葉を発したせいで胸が苦しかった。つくづく体力が足りない。

「ねえ、ごまかさないで教えて」

息を整えながら君彦を見上げて答えを催促すると、「さあね」とそっけなく返される。

「……ぼくが今なにを打ち明けたとしても、きみは信じないよ。それに、もう遅い」

「話してみなくちゃわからないわ」

「遅いんだよ。話してみればなんとかなるかもしれないと、ぼくも最初はそう思っていた。でも、きみは聞かなかったじゃないか。ぼくは、ぼくがさんざん蔑んできた奴らと同じ行いをした。それを黙認した業正だって同罪だ。二度と引き返せない。今更なんだよ」

織江はゆるゆると視線を足元に落とす。何を言われたのか半分以上理解できなかったが、自分にも非があることだけは見当がついた。攫われた翌朝、君彦が何かを訴えようとしていたことを思い出したからだ。

ぼくの話を聞け。それから考えたって遅くはない——君彦は確か、そう言った。織江は君彦の話など聞きたくないと、撥ね除けたのだ。それも、二度も。

「この話はもういいだろ。聞きたいのはそれだけ？」

はぐらかされたとわかっていても、その質問に織江の心臓は跳ねる。勾玉について尋ねるべきだ。彼がマレビト様の魂を持っているかどうか、わからないままでは始まらない。

――でも……もしそうだと言われたら？　もし、違うと言われたら？

どちらの答えを自分は期待しているのだろう。視線を彷徨わせて迷っていると、君彦には疲れているのだと思われたらしい。周囲にランタンを翳《かざ》して、近くにあった岩の出っ張りに織江を座らせてくれた。

「じゃあ、次はぼくから質問させてもらうけど」

ランタンを足元に置き、君彦は壁に背をもたせかけながら言う。

「きみは前世でマレビト様と過ごした記憶があると言ったね。それは本当？」

「本当よ」

「夢を見たわけではなくて？」

「違うわ」

素直にかぶりを振って答えると、君彦はかすかに口角を上げた。ようやくまともに話ができるとでも思ったのかもしれない。

「それで？　どんなことを覚えているのか、聞かせてもらってもいいかな」

「ええ、……あの、覚えているのは逃げているところなの」

「逃げている？」

「そうよ。私はマレビト様と林の中を逃げているの。手を繋いで、急ぎ足で。林というのはきっと、戌井の家の裏の林のことね。真っ直ぐに行けば、今は祠がある場所に出るわ。でもあのときは祠なんてないし、けもの道をひたすらめちゃくちゃに進んでいて」

最初から追っ手が来ることを、マレビト様はわかっていたようだった。何度も、捕まるわけにはいかないと言って焦った様子で急かされたのを覚えている。

けれど織江は木の葉が積もった地面を踏みしめるのも、まだらに落ちた木漏れ日を受けるのも楽しくて、彼ほどの切迫感など抱いていなかった。

「私、前の人生でもきっと体が弱かったのね。見るもの全部が新しくて、気持ちがふわふわして嬉しくて、逃げなくちゃいけないなんて本気で思ってなんかいなかった」

「……それで？」

「日が暮れた頃、海岸に辿り着いたわ。港とは真逆の場所にある、砂浜のある海岸よ。あの方は舟を用意してくれていたの。一緒に本島へ行くつもりだったんじゃないかしら」

そう打ち明けながら、今、自分が置かれている状況に似ていると思う。追っ手から逃げていて、最終的には舟に乗って本島へ逃げるという計画。

やはり君彦がマレビト様なのでは――。またもやその可能性を考えて、織江は胸の中でかぶりを振った。どうしていちいち、彼とマレビト様を結びつけようとするの。これではまるで、彼がマレビト様であってほしいと思っているみたいだ。

（違う、そんなことない）

ただでさえ叔父の言葉で揺れているのに、これ以上感情が複雑になったら、それこそ折り合いがつけられなくなることはわかりきっていた。

「……それからね」

織江は混乱しかけた胸の内から気を逸らすように、平静を装って続ける。

「島の人が追ってきて……私、左腕を弓で射貫かれて」

岩に腰掛けたまま、右手で左の袖を捲《まく》った。ランタンの光に左の二の腕を翳して見せる。真っ白な肌には、引き裂かれたような痕がうっすらと残されている。

「これを見て。お母様が言うには、私の腕には生まれたときからずっとこの傷痕があったんですって。前の人生で受けた傷を引き継いで生まれたらしいの」

最初はこの傷痕をもってしても、自分の中にある記憶が本物であると誰も信じてくれなかったのだが。つくづく、織江の記憶とマレビト様を結びつけてくれた父に感謝している。

ちらと見ると、君彦は右手で胸の前に腕組みをし、左手で口もとを軽く押さえている。眉間には浅いしわが寄っていて、衝撃を受けているように見えた。おおかた動かぬ証拠を前にして、信じざるを得ない状況に困惑しているのだろう。

織江はそう解釈して、話の続きをする。

「追ってきた島の人たちに私が射られたあと、マレビト様は倒れた私を抱いたまま、砂浜で逃げるのをやめて……」

そして斬り殺されたのだ。彼の死の場面を映像として記憶していないのは、凄惨すぎたために違いないと織江は考えてきた。それでも、彼が最後に叫んだ言葉なら知っている。

死ぬな。こんな理不尽がまかり通ってなるものか。おまえはわたしと行くのだ。そうだろう。ああ、いやだ。別れとうない。呪ってやる。この島を、呪ってやる――。

「……いつか私がその呪いを解くんだって、小さい頃からずっと思ってたわ」

織江がそう言うと、君彦はしばし閉じていた口を開いた。

「きみは……そのとき男と逃げたことに、悔いは？」

「いいえ。そういう感情は私の中にはないの。林をかき分けて逃げたことも、ふたりで手を繋いで駆けたことも、本当に楽しくて嬉しかったとしか言えないわ」

そのときまで知りもしなかった世界を、マレビト様は見せてくれた。あの経験が死の代償として与えられたものだとしても、それだけの価値があったと娘は考えたのではないだろうか。同時に彼がどれだけ自分を大切に思ってくれていたのか実感できたから、娘のほうに心残りはなかったのだ。

「なあ、織江」

君彦はそう呼んだものの、ためらうように一度唇を結ぶ。彼の顔の前で息が白くなって、すうっと溶けるように消える。

「なに？」

「……いや」

壁から体を剝がし、彼は足元に置いたランタンを拾いながら呟いた。

「腕を射貫かれただけなのに、どうしてその男はきみを抱えて強引に舟に乗せてしまわなかったんだろうな」

「どういう意味……？」

「急所を射られたなら悲観するかもしれないが、腕だ。いくら体の弱い女とはいえ、すぐさま死に至る場所じゃない。ましてや彼女は、マレビト様を暗殺しようとする島民の目論《もくろ》見《み》に気づき、彼を逃がそうとした人間だ。捕まったら彼女まで島民から酷い目に遭わされることはわかりきっていた。それなのに、何故マレビト様は抗うのをやめた？」

「それ……は」

「何故彼は愚かにもきみが死ぬと確信し、抱きしめるだけで逃がそうともせず、島民たちに殺されるのをよしとしたんだ。まるで、道理を知らない子供みたいに」

　もっともな指摘に、織江は考え込んだ。娘が、島民の目論見に気づいてマレビト様を逃がそうとした……という部分にも初めて違和感を覚える。だって織江の記憶の中の娘はそんな切羽詰まった心情ではない。もっとふわふわして、楽しくて、何故逃げているのかわからないといった感じなのだ。

「動転したんじゃないかしら。愛する人が射られたら、冷静に対処なんてできないわ」

「ならばきみは、愛する者が射貫かれた瞬間にすぐさま死ぬと悲観するか？　死ぬわけがない、きっと助かると死の可能性から目を背けるんじゃないか」

君彦の意見はいちいち正しかった。そうだ。死に直面した人が大事な人であればあるほど、人は現実から目を背けたがる。三日前の晩、『箱』を抱く儀式へ向かう織江を、典子が見送りに来なかったように。それが突然の出来事ならなおのこと。

「じゃあ、マレビト様はわざと逃げなかったって言うの？」

「そういう話じゃない。きみは一番疑いたくない人間を一度疑ってみるべきだ」

「それ、どういう……」

「自分で考えなよ」

腰に右腕をまわされ、立ち上がるように促される。足に体重をかけると、左足の裏がびりっと痛んだ。思わずよろけると、君彦が体を軽く担ぐようにして庇ってくれる。揺れる光にぼんやりと浮かび上がる彼の横顔はやはり端整だった。織江は思わず俯いて目を背けずにはいられない。君彦の容姿は毒のようだ。どんなに酷い振る舞いをされても、それが彼の流儀であるような気にさせられてしまう。

——マレビト様はどんなお顔をしていたのかしら。

歩きながらぼんやりと考える。織江はマレビト様の顔を覚えていない。それも以前君彦に指摘されて気づいたことだが、ともに駆けた林の風景は手に取るように思い出せても、彼の顔だけはあとから薄紙を貼りつけたように消されている。誰かに似ていた気もするし、誰にも似ていない気もする。

すると、突如ドンという激しい炸裂音が頭上で響いた。同時に岩を転がしたような地響きがあって、足元が揺れる。

「きゃ……っ」

天井が落ちてくるかもしれないと思うほどだった。このままここに埋まってしまったらどうしよう。恐怖に縮こまった織江を、君彦は護るように抱きしめて言う。

「大丈夫だ。恐らく雷《かみなり》だろう」

「か、かみなり？　天気なら悪くなかったはずだわ」

「そういうときの雷こそ怖いものなんだよ。……舟で移動するのはやめだ。一旦、業正の小屋へ行こう」

「地上に……出るの？　追っ手がいるのに？」

君彦と本島へ向かう覚悟が決まったわけではなかったが、叔父に捕まって元の島に連れ戻されるのは避けたいと織江は思い始めていた。

マレビト様を恋しいと感じる気持ちは、まだ胸にある。しかし、一度芽生えてしまった疑念は消せない。

（それに……）

斜め上に見つめるのは君彦の顔だ。彼は一緒に本島へ行こうと言ってくれた。その選択肢が徐々に胸の中で場所を占めていっている。何の迷いもなく『箱』を抱いて埋められたいと考えていた頃には戻れない。

「君彦！」

すると前方から呼ぶ声がする。警戒したのか君彦は咄嗟に織江を背に隠し、ランタンを持ち上げて身構えた。素早い反応だった。

——まさか、叔父様たちに見つかった？

足を切り落とされたうえに穴に埋められることを想像し、体が自然と小刻みに震えてしまう。しかし予想に反して、前方に灯る光は迫ってこなかった。目を凝らせば、闇にうっすらと浮かび上がっているのは業正だ。

「こっちだ。ひとまず俺の小屋に来い！」

どうやら迎えに来てくれたらしい。君彦はランタンを高く掲げたまま問う。

「追っ手はどうなった？」

「お嬢ちゃんがもともといた小屋のほうに避難して行ったよ。天気が荒れているうちは下手に動かないはずだ。おまえたちを捕まえたところで海にも出られないからな」

業正はそこでくくっと喉を鳴らして笑った。

「あいつら、突然の雷になんて言ったと思う？　マレビト様の怒りに触れた！　だと。非科学的にもほどがあるよな」

おどけた口調が洞窟内に響くと、目の前にある君彦の背中からわずかに力が抜ける。ほっとしたのだろう。彼は振り返り、織江をふたたび右肩に摑まらせてくれる。腰に右腕をまわし、軽く担ぐ動作は今までで一番優しい。そして何故だかその優しい仕草こそ、君彦には似合っている気がした。こんな彼を、心のどこかで知っているような……。

（また、あの感覚だわ……）

懐かしいような、切ないような感情に胸がざわざわする。

歩き出すと、彼のシャツの喉元に昨日とは違う革紐が見えた。千切れてしまったから新しくしたのだろう。続く胸元には、例の勾玉が下がっているのがシャツの布越しにわかる。つまり彼にとって勾玉は、肌身離さず身につけていたい大切なものなのだ。

「どうした？　歩くのは辛いか？」

顔を覗き込んで尋ねられるまで、自分が動きを止めていたことに気づかなかった。

「い、いいえ。なんでもないわ」

織江は慌ててかぶりを振ると、視線を前方に移した。知りたいけれど、問う勇気はない。

もしも――もしも君彦がマレビト様の魂を持っているとして、何故自ら打ち明けてくれないのか。前の人生での自分の行動を否定するようなことを言うのは何故なのか。考えれば考えるほど疑問は複雑に絡まっていって、容易には解けそうになかった。

4章

「ここが俺の城だ。大したものはないが、まあ座れ。茶くらいは淹《い》れてやる」

業正の住まいはこんもりと盛り上がった林の中に建っており、織江が監禁されていた小屋より何倍も広かった。土間の傍には囲炉裏《いろり》のある板の間があり、その先には畳敷きの和室が続いている。目立つのは壁に掛けられた鹿やウサギなどの毛皮だ。傍らには使い込んだ猟銃の類が立て掛けられていて、もといた小屋よりものものしい。

聞けば、業正は漁の季節になると織江が監禁されていた小屋を利用し、それ以外の季節はここで狩猟などをして生活しているらしい。

「この島に、他に住人は……？」

囲炉裏端《ばた》で茣蓙《ござ》に正座をし、織江は室内を見回しながら問う。右隣には君彦が足を崩して座り、業正が向かいで囲炉裏に鉄瓶をかけながら答える。

「いねえよ。完全なる自給自足だ。たまには本島へ出向いて毛皮を売ったりもするが、今のこの国は好景気だからな。数年前の世界大恐慌《だいきょうこう》による物価安もどこへやら、今じゃ物価が高くてそうそう長居はできん。基本的にはこの島にひとりだよ」

「……寂しくないんですか」

尋ねてから、しまったと織江は口もとを押さえた。妻が亡くなったという話を今日聞いたばかりだったのにうっかりしていた。謝って質問を撤回しようとすると、あぐらをかいた業正が目尻にしわを寄せてちょっと笑った。

「そりゃ、男やもめも長くなれば当然孤独が身に沁みる。だが、俺はひとりでいい。再婚する気はない。前の女房が、恋女房だったからな」

「恋……お見合いではなかったんですね」

「ハイカラだろ。大恋愛だったんだ。当時の俺は丸の内でサラリーマンをしていて、女房は得意先の社長のお嬢さんだった。無謀だがどうしても彼女を嫁に欲しいと頭を下げてね、結婚が決まってからは順風満帆《じゅんぷうまんぱん》の人生だと思ってたよ。まさか、二十年後に人里離れたこんな島で自給自足の生活をしているとは、想像もしなかったさ」

織江は目を丸くして業正を見た。丸の内のサラリーマンといえば、エリートの代名詞だ。大学を出ていなければ就くことができず、大企業で役職がつけば年間で一万円もの収入があるという。典子と喫茶店でコーヒーを飲んだとき、切り抜きを見ながらそんな話を聞いた。一般的なサラリーマンの平均月収が百円であることからして、年収一万円はとんでもない高給取りだ。

「奥様は、ご病気で……？」

膝の上で桜の柄の着物に触れながら尋ねると、業正は短く息を吐いてから首を左右に振った。右手で左の手首を握りながら……。以前も見たことのある仕草だ。

「いや。……殺されたんだよ」

悲愴感漂う寂しげな声色は、織江にそれ以上の質問を呑み込ませる。では業正は最愛の人の命を他者に奪われ、俗世を厭《いと》うようにこの島でひとり、生活しているのか。

どんな死別だって特別に悲しくて痛ましいものだが、その別れが他人の身勝手な意思によって引き渡されたものだと想像すると、言葉にならない。

見かねたのか、君彦が割って入った。

「もうこの話はいいだろう。それより話し合うべきは、いつ、どのタイミングでこの島を出て本島へ行くかだ」

囲炉裏の上にかけられた鉄瓶の注ぎ口から、淡い湯気が上がり始める。室温も徐々に上がってきたみたいだ。洞窟の中で冷え切ってしまった体にも、少しずつ熱が戻ってくるようだった。

「当初はやつらが真っ先に本島へぼくらを捜しに行くことを想定して、ここにしばらく留まるつもりだったんだ。でも、嗅ぎつけられた。天候を見極めてすぐに本島へ逃げたいのはやまやまだが、今の状態を鑑みるに本島に行ってもすぐに足がつく可能性が高い」

逃げるしか選択肢のない現状に、織江は視線を彷徨《さまよ》わせた。他に方法はないのだろうか。

平和的に、この事態を解決する方法は。

「例の計画を急いだほうがいいな」

そう呟いたのは業正だった。

「計画って？」

思わず問うと、彼は「こっちの話だ」と言い置いてから君彦に向かって言った。

「追っ手を全員あの島に追い払えれば、俺が責任を持ってそれ以上おまえたちのあとは追わせない。問題は天候が回復する頃合いと、奴らを元の島に戻す手段だ。そうだろ？」

問いかけに君彦は答えなかった。囲炉裏の火をじっと見つめ、頷くこともかぶりを振ることもなくただ黙している。何を考えているのだろう。思うところのありそうなその横顔を見ながら、織江は漠然と自分も何かをしなければという思いに駆られる。

当事者ではない業正まで、これほど真剣に織江の未来を案じてくれているのだ。当の本人が狼狽えるばかりで決断すらできないようではいけない。

――せめて真実を知ろうとしなければ。

織江が自分の行動を決められないのは、単に迷っているからではなく、何に迷っているのかを自分できちんと把握できていないからだ。ろくに考えもせず、感情に流されるだけではきっと先へ進むことも戻ることもできない。

そこで、しゅんしゅんと音を立てて鉄瓶にお湯が沸いた。手際よく緑茶を淹れた業正は、揃いの湯呑みを織江と君彦の前に置くと、立ち上がって土間に下りる。

「じゃ、俺は外で見張りをしてこよう」

「え、でも今は室内にいないと、雷が鳴ってますし」

「ここを少し下ったところに小さな納屋《なや》がある。その中にいて見張るつもりだから、お嬢ちゃんが心配することはねえよ。洞窟を経由しない場合、この小屋に辿り着くためにはその納屋の前を通らなければならないからな」

どうして業正はそこまでして君彦に協力するのだろう。歳も離れているし、単なる友情とは思えない。ふたりの間にどんな繋がりがあるのか。尋ねようとしたが、業正は織江の次の言葉を待たずに小屋を出て行ってしまった。

君彦とふたりで残された室内には、時折戸の隙間から閃光《せんこう》が鋭く射し込む。戌井家の屋敷より壁が薄いせいか、雷の音はいつもより近く、まるで雷雲の中にいるみたいだ。

「……あの」

先に口を開いたのは織江だった。傍らで湯気を上げている湯呑み茶碗に視線を落としたまま、おずおずと言葉を繋げる。

「教えて欲しいことがあるの。その……あなたの胸にある勾玉のことよ」

迷いながらも一息で尋ねたのは、ひと呼吸置いたら二度と続きを口に出せなくなりそうだったからだ。ああ、ついに訊いてしまった。心臓がどくどくと鳴って、緊張が高まる。

それまで黙っていた君彦は「ああ、これか」と気づいたようにシャツの開襟部から右手を入れる。そして勾玉を引っ張り出し、紐を解いて織江の前に差し出した。

「これは母からもらったものだ」

紐の先でふらと揺れる勾玉は、やはり織江がマレビト様の胸に見たものと同じ。

「お母様から？　生まれたときからずっと持っていたとかではないの？」

「まさか。これは母がこしらえた、祭司の装身具のひとつだ。生まれたときから持っていたなんて、そんな非現実的なことはありえない」

「……でも、古いものでしょう？」

「古くなどない。祭司の装身具は、代替わりの際に一式作り直すのが伝統なんだ。母がこの花の文様を彫るところを、ぼくはずっと見ていた。他の誰でもなく、母の手によるものだと断言できる」

　そんなはずがない。だってこの勾玉は、千年以上前に亡くなったマレビト様が身につけていたものだ。君彦の母親がこしらえたものであるわけがない。

「だけど、それはマレビト様のものよ」

「なんだ。遠まわしに欲しいと言っているのか？」

「違うわ！　私、覚えてるの。林を駆けて逃げたとき、それとそっくり同じ勾玉がマレビト様の胸にあったの。シャツの襟元から覗いて、きらきら光っていて」

　その様子は景色や楽しい気持ちと同様に、彼の容姿よりずっと明瞭《めいりょう》に覚えている。絶対に間違いなんかじゃない。

「だから私、もしかしたらあなたが、私と同じようにマレビト様の魂を持っている人なんじゃないかって……そう思って」

ぼそぼそと付け足したら、目の前に差し出されていた勾玉が遠ざけられた。革紐ごとそれを右の掌に握り込み、君彦はわずかに考え込む。それから軽く吐息して、言った。

「非現実的な空想はそろそろ捨てたほうがいい。きみの認識は間違えてるんだ」

「お、思い違いだっていうの？　不自然な点もあるけど、私、マレビト様のことなら本当に覚えてるのよ。空想なんかじゃないわ。それだけは、信じてほしいの」

太ももの上にのせていた手に力がこもる。伝わらないことが酷くもどかしかった。自分は空想しているわけでも、夢物語を語っているわけでもない。織江にとって遠い記憶の中にいる男の存在はつねに現実だった。君彦にはそれを、わかってもらいたかった。

「信じられるわけがないだろう」

だが必死の訴えを聞いても、君彦の態度は翻らない。

「よく考えてみなよ。シャツの襟元からこの勾玉が覗いて、きらきら光った？　なあ、マレビト様が生きていたのは千年以上も前だ。その頃、彼がシャツを着ていたと思うかい？当時も今と同じ服装で生活していたと、本気で考えてるの？」

胸の一番深い部分に一石を投じられた気分だった。シャツ——言われてみればおかしい。世間知らずの織江だって絵本くらいは読んだことがある。竹取物語に浦島太郎、鶴の恩返し……どの物語に登場する人物だって揃って古めかしい和装だった。シャツを着た男が描かれている場面などひとつもなかった。

「で、でもっ……」

あの記憶が夢だなんてことはない。織江の二の腕には矢で射貫かれた傷痕がある。前の人生で負った傷の痕が。これをどう説明しろというのか。

混乱しながら、織江は助けを求めるように君彦を見る。

「じゃあ……マレビト様と関係ないなら、どうしてあなたは私の命を助けようとするの。どんな理由があってこんな危険を冒してまで、私に……親切にしてくれるの」

迷いながら発した〝親切〟という言葉は、今日一日の君彦の行動に向けられていた。純潔を容赦なく奪われ、何度も淫らに抱かれた暴挙を忘れたわけじゃない。最初は、ただの人でなしだと思っていた。けれど今は違う。彼だけだとわかっている。自らを危険に晒してまで、織江を生かそうとするのは。

「……親切？」

しかしその途端、君彦の表情が一変した。

「今のきみはそんな目でぼくを見る女じゃなかっただろう」

右肩に軽い衝撃があり、板の間に仰向けで押し倒される。視界が九十度回転し、足元で湯呑み茶碗が倒れた音がする。直後に胴の上へ跨られ、気づけば真上に彼の顔を見上げていた。苛立ちと焦燥があらわになった、人でなしの顔を。

「憎めと言ったはずだ。殺したいほど憎めと！」

「ヤ……!?」

直前まで穏やかだった男の豹変に、何が起こったのか理解できなかった。

胸元を強引に左右に割られ、肩を露出させられる。無理やり唇を塞がれ、熱い舌を口の中に含まされる。滅茶苦茶に口内を犯されたあとは、喉元をいやらしく舐めまわされ、胸元にうっ血の痕を散らされた。ばたつく間に着物の裾は捲れ上がり、はだけた太ももを強引な掌がねちっこく撫でまわす。脚の付け根を捉えられたと思ったら、慣らしもせずに中指を蜜源へと容赦なくねじ込まれて、一瞬、呼吸が止まった。

「ひ、ッ……」

「こんなことをする男に、愚かしく懐くな……ッ」

花弁に割り込み、内側の粒を転がす君彦の親指は容赦ない。押し付けるようにして花芯をコリコリとしごかれ、織江は震えながら涙声を漏らした。

「ひ、いやぁ、どうして……っ」

「ぼくはまだ、もっと、きみを傷つける……本当の絶望は、これからなんだ……！」


帯を解かれ、着物も長襦袢も剝ぎ取られて、織江が肌を隠すものをなくしてしまうまでそう時間はかからなかった。奥の和室まで這って逃げても、そんな行為はささやかな抵抗にすらならない。すぐさま畳の上に仰向けに転がされ、臀部《でんぶ》を浮かせるように腰を抱え上げられる。君彦は織江の両脚を開いて押さえつけ、細い体を丸めさせて、みずみずしい女の秘所に秀麗な顔を埋めた。

「無理やりかき混ぜたはずなのに、いつの間にこんなに濡れた？」

彼の舌先がちろりと舐めたのは、数日前まで処女だった場所だ。たっぷりと蜜を纏った入り口は、艶めく細い糸を君彦の舌まで引いている。

「ヤ、舐めな……いで……ぇ」

「舐め取らなければこぼれてしまうよ。ねえ、きみはぼくから逃げようとしながら、本当は期待したんだろう。強引に犯され、穢されることを」

蚕《かいこ》のように丸くなった織江は、君彦が蜜を舐め取る様子から目を逸らす。両脚を大胆に開いて膝を顔の左右についた格好は、身じろぎすら許されない。

濡れた花弁の隙間に舌を埋め、君彦は割れ目の谷をゆるゆると探る。生温かく柔らかい感触は、指での強引な愛撫より圧倒的な官能で織江の体を溶かした。膨れ始めた粒に舌先を引っ掛けられ、前後に弾かれて震えてしまう。

「……っ、ん！」

こんなにはしたない行為を強いるなんて、やはり君彦は嗜虐《しぎゃく》者だ。激しく罵ってしまいたいのに、唇からこぼれるのは甘ったるい吐息ばかり。

花弁の間から敏感な芯を吸い出され、口に含まれる。チュクチュクと音を立てて小刻みに吸われ、蜜口は織江の意思に関係なくさらなる蜜をこぼしてしまう。

それをすくうように、君彦の舌は花弁から蜜口のほうへと流れてゆく。まだ溢れてもいない液まで吸い出し、コクリと喉を鳴らす。濡れた唇を舌で拭った彼は、次に当たり前のように蜜口より後ろへと舌を伸ばした。舐められたのはすぼんだ小さな窪みだ。きつく閉じたそこをほぐすように舐められ、織江は未知の感覚に全身を硬くする。

「ヤ、っ……イヤ、そんな、ところ」

ゆるくかぶりを振って嫌だと訴えたが、舌の動きは止まなかった。ちろちろと後ろのすぼみを刺激しながら、君彦は左手の指で割れ目を左右に広げる。露わになったのは、蜜でみずみずしく濡れた花芯だ。右手でその膨れた粒をゆったりと撫でられ、もったいぶるように蜜源に浅く指先を埋められると、頭の芯まで甘く痺れてくる。

「んっ、う……」

「本気で嫌がっていないよね。何度もぼくに穢されているうちに、好きでもない男に犯されるのが癖になったんだろう」

「ち、違うっ……」

どうにかかぶりを振ったが、体はびくびくと跳ねて力ずくの情事を歓迎していた。浅く指先を挿し込まれた蜜源の奥が、切なく痺れる。

「ぼくが思うに、きみはもう普通に抱かれただけでは感じないよ」

「そんな、こと」

「嫌いな男に強引に、陰湿的に抱かれるのでなければ満足できない。証拠に、ぼくが執拗に愛撫したときほどきみの体は上気する。……大丈夫だよ。今日もきちんときみが喜ぶように、卑しく汚してあげるから」

右の指先で花弁の間の粒をつままれると、顔の左右で両脚が同時に跳ねる。素直に感じたくなどないのに、君彦の言うとおり、強引にされればされるほど昂ぶっていくのを止められなかった。

（どうしてしまったの、私の体……）

君彦が汚したがっていると思うと、体の奥に熱がこもってゆく。〝弾ける〟という、幾度も味わうことを強要されたあの感覚への期待感が高まってしまう。

ほんの少しの快感なら理性で蓋をしたりもできるだろう。だが弾けた瞬間の快感の鮮やかさと甘美さには、どんな快感もかなわない。強引にそこへ押し上げられる背徳感もまた、心地よさに拍車をかけるからたまらない。

「あっ……ァ、あ」

今日は何度弾けさせられるのだろう。そんなことを期待してはならないのに、考えると待ちきれなくて震えてしまう。

君彦の舌は、織江の蜜源と後ろのすぼみを行き来して交互に舐めている。また、粒をつまんで逃がす彼の右の指先が、とろけるほど良いものに感じられて怖いくらいだった。

「この数日、非道の限りを尽くして犯し続けたのに……本当にきみはお綺麗だね」

愉悦に逆らえなくなった織江を見つめ、君彦はこぼす。

「見事だよ。こうして淫蕩《いんとう》の中にあっても、きみは清らかなまま。憎々しいほど無知だ」

に
何を言っているのだろう。とろんとした目で見つめ返すと、君彦は軽く自嘲するように笑ったあと、むしゃぶりつくように秘所への愛撫を再開させた。

「もっとだ。もっと……汚してしまわなければ」

前にも後ろにも、舌先を軽く埋められるのがたまらない。もっと大きく、太いもので内壁を押し広げられた感覚を思い出し、空虚《くうきょ》な内側をひくつかせてしまう。下腹部の奥がきゅっと締まって、強引に楔を打ち付けられることを期待している。

「あ……あ、はぁっ、は……っ」

欲しくなんてない。繋がれたくない。でも。

花弁を広げていた彼の左手が割れ目を滅茶苦茶に撫で始めると、理性はみるみる崩壊した。指先だけでなく掌も使って執拗に捏ねられ、織江は快楽の糸口を引き寄せるように自然と自分の膝を自分で抱える。織江の脚を押さえる必要がなくなった君彦は、よりいっそう秘所への愛撫を激しくする。

粒を弄っていた指が蜜源に割り込んでくると、内壁が痙攣してとろけそうだった。いくら頭で否定しようとしても、その場所を暴かれることを織江の体は望んでいる。

君彦は中指と薬指を出し入れしながら織江の中に半分ほど収めると、次に人差し指を添えて一気に奥まで貫《つらぬ》いた。

「ふ……ッ、あぁあ！」

「いい声だ。やっぱりきみは、容赦なく突き込まれるのが好きだね」

卑猥な水音を立てて、さかんに蜜源を掻き回される。内壁を不規則に擦られ、あちこち刺激されたら、さらなる快感が煽られた。そうしている間も舌は縦横無尽に秘所を舐め尽くし、こぼれる隙もないほど丁寧に蜜を啜っていく。

「根元まで咥え込ませると、中が激しく吸い付いてくるよ。指じゃ足りないのか？　なあ、何が欲しいんだ？」

「ん、ん……っ、わ、たし、もう……っ奥、が」

「奥がどうしたって？」

「び、びくびくって、して、止まらなくて」

「そう、欲しいんだね。なら言ってごらん、大嫌いな男に中で吐精されたいって」

織江の頬はかっと火照った。強要されているのは最初に処女を散らされたときと同じ、織江から清廉さを奪う行為だ。酷いことをされていると思う。

それは否定しようのない真実なのに、それだけではない気がしてしまうのは、君彦の表情に時折やりきれなさのようなものが垣間見えるからなのだった。

「言えないなら頷いてみようか、織江。きみが欲しいのはこれだね？」

蜜源から指を引き抜かれ、その濡れた手で両胸を摑まれる。すると脚の付け根にはずしりと重いものが当たった。織江の内側を唯一知っている、凶悪な太さの男の杭。張り詰めきった先端で花弁の間の粒をグリグリと刺激され、期待感に息を吞む。首を左右に振ることも、頷くこともできそうにない。

「硬いだろう。きみを犯したくてこんなふうになってるんだ。ねえ、繋がれたい？」

「っ……」

「否定しないのが何よりの肯定だ。いい子だよ、織江」

先端をぐっと食い込まされたら、丸めていた背中が一気に伸びた。入り口を侵されただけなのに、内壁は歓喜に震える。このあとどんなふうに奥まで入り込まれるのか、最奥を突かれるとどれだけ心地いいのか、織江の体はきちんと覚えている。

突き出す格好になった両胸の膨らみに、ねっとりと蜜を塗りたくられて快感に鳥肌が立った。柔らかな肌を円を描くようにして撫でられ、男のものにみるみる索道を埋められながら、織江は小刻みに全身を痙攣させる。

「あっ、あ、あ……太いぃ……っ」

徐々に押し広げられてゆく内側に、広がるのは充足感だ。胸の中にある不安や空白まで埋められる感じがするのは、錯覚だろう。彼は織江の体を使って、性欲を発散させているだけだ。精神的に満たしてくれるためじゃない。わかっている。けれど根元まで君彦のものを受け入れたとき、織江は思わず彼の首に腕を回してしがみついていた。

もしも彼がいなかったら、この命はすでにないものだった。

そう思うとたまらなかった。

「ふぅ……ッ、う」

下腹部を内から押し広げる質量に耐え、息を整えようとする。しかし呼吸をするだけで内壁がわずかに収縮してしまう。すると内側から押し返され、男の欲望に支配されていることを実感し、また蜜源の奥が甘く痺れる。

「嬉しいの？　ぼくに犯されるのが」

「……っ……ん」

嬉しい……？　わからない。でも、抜かないで欲しいと思う。胸をとろとろに撫でる手の動きも、止めないでほしい。

「ぼくは嬉しいよ。きみを堕とし、憎まれ、恨まれる役回りを得られて。だってそれは同時に、きみを救えるのがぼくだけだという意味だから」

そう言って腰を揺らし始める君彦は、自らを軽視《けいし》するような薄笑いを浮かべている。まるで醜悪《しゅうあく》な行いに縋り、こうでもしなければ自分を保っていられないかのように。

「お、りえ……頼むから、ぼくに、優しさなど求めるな」

懇願するような目で彼はこちらを見下ろして言う。求めるなと言われても、織江の頭の中には洞窟の中で足の怪我を気遣って、肩を貸してくれた彼のぬくもりがよぎる。彼は本当に非情なだけの人だろうか。考え始めると、わからなくなる。

「……ッ恨め。あいつを止められないぼくを、心の底から憎んでおけ」

屹立は深くまで織江を貫いては、浅いところまで一気に出てゆく。どれだけ深いところまで男のものを受け入れてしまっているのか、見せつけるかのような行為だ。激しく蜜源を犯され、胸の膨らみをねちねちと捏ねまわされ、織江はもう喘ぐことしかできない。

「アぁ、っん、んぅ」

　天井は前後に揺れてぶれて見えるが、君彦の顔だけははっきりと見えた。ひとつに繋がって、同じように揺れているからだ。

「はぁっ……織江、おり、え……」

　無我夢中の抜き差しからは、織江の中を汚したがる欲求が伝わってくる。焦れったそうに息を吐く君彦は、衝動に身を任せていてもやはり美しい。眉間にしわを寄せる様子を見上げていたら、抗いようのない熱が込み上げてきて織江は腰をくねらせた。

「あ、ァ……きて、しまう……っ大きぃの、が……っ」

「ああ……ぼくもだ。きみを陵辱するのは、どうしてこんなにいいんだろうね」

「んっ、んぅ、くる、きちゃう……ッもぅ、だめ、ぇえ」

「ここにたっぷり出してあげるから……ッ弾けて、吸い上げて、背徳の味を心ゆくまで愉《たの》しむといい」

　君彦の右手が下腹を撫でる。そこを今から汚されるのだ。想像すると、ぞくっと背筋が粟立った。肌の上を滑るささやかな感触にも、絶頂を後押しされているようだ。

「あ、きてる、ッあ、ぁああ……っ」

　内壁がうねり、織江は快感の糸口を摑む。欲しかったのはこの感覚だ。今は何もかもを忘れて、心ゆくまで快楽に溺れたい。内壁を擦っていた君彦が動きを止め、精を吐き出したのはそのときだ。数度に分けて熱を与えられた気配がすると、織江の下腹部の奥でさらなる欲が弾けた。波のような快感にびくんびくんと体を跳ねさせ、織江は官能に翻弄されながら心の行き場を探す。

(こんなにも気持ちいいのは、本当に慣らされてしまった所為だけなの……?)

君彦の両手はまだ織江の乳房をゆったりと揉んでいる。過敏になりきった先端を指に挟んでしごかれ続けているのがとても好かった。

「犯され足りない顔だね、織江……」

「っん……ん」

否定できない自分が怖くてたまらない。心地よくてたまらないからこそ、一度きりで終わりだなんて物足りないように感じられてしまう。ねだるように、織江の内側は痙攣をやめない。残滓《ざんし》をも搾り取って、子宮で味わいたがっている。瞼をきつく閉じたら、視界が夕陽のように鮮やかな赤に染まっていた。

(この人が何を考えているのか……知りたい……)

君彦のことを、きちんと知りたいと思った。彼はマレビト様の魂を持っているわけではなく、かといって一般的な正義感から織江の命を救おうとしているわけでもない。こうして織江を抱くたびにジレンマに陥っているのは確かなのに、自分の行いを正当化する気もなく、憎まれたいとひたすらに願っている。

(知らなくちゃいけないと思う……)

何の疑いもなく彼を悪人だと思っていたときには、決してなかった感情だ。織江の中には、少しずつだが確かな変化が生まれ始めていた。

「……ん」

屋根《やね》を叩く雨の音に目覚めると、和室に敷かれた布団の上に寝かされていた。細く開いた窓から差し込む光は弱いが、まだ昼間のもののようだ。きっと弾けた直後に眠ってしまい、君彦が布団を敷いて寝かせてくれたのだと思う。

上半身を起こした織江は、枕元にワンピースを見つける。白い襟のついた、青い格子柄のモダンなワンピースだ。ここに出してあるからには織江が着ても良いという意味なのだろうが、もしやまた業正の妻の形見なのでは。だとしたらそう何着も借りるわけにはいかない。しかし広げて確かめてみると、桜の着物と違ってワンピースには使い込まれた様子がなかった。

（……すてき）

ワンピースを顔の前に掲げ、織江は思わず見惚れてしまう。

まるで典子が見せてくれた新聞の切り抜き写真から出てきたみたいだ。洋装なら織江も何着か持っているけれど、こんなに華やかな格子柄は見たことがない。もしかして都会でも最新の装いなのだろうか。どきどきしながら袖を通してみると、驚くほど織江の体にぴったりだった。

「あの、このお洋服……」

そろりと襖《ふすま》を開け、板の間を覗く。しかし予想した人の姿はない。囲炉裏には木の蓋をのせた鉄鍋がかけられていて、室内に充満しているのは味噌の匂い……汁物でもこしらえたに違いない。

すると君彦はおおかた、食事が出来上がったからと業正を呼びに行ったのだ。

囲炉裏端に腰を下ろそうとした織江は、ふと気づいて南の壁際にある文机に歩み寄った。

——これって。

机の上に広げられていたのは、マレビト様に関する古文書だった。すすけた緑色の表紙と、紐で綴じられた独特の装幀には見覚えがある。今から数年前、織江が『箱』を抱く役割を引き受けたいと申し出たとき、祭司の家で見せてもらったものと同じだ。

といっても、見せてもらったのは表紙だけ。古い言葉で書かれているため、開いたところで解読《かいどく》できないからと捲《めく》らせてはもらえなかったのだった。内容はというと、マレビト様が島に流れ着いたところに始まり、殺されてから神として祀られるまでの話なのだと聞かされたのだが……どうしてこれがここにあるのだろう。

君彦が実家から持ち出したのだろうか。でも、何のために？

疑問に思いながら古文書を手にとって、ぱらぱらと捲ってみる。埃っぽい臭いが顔の前に広がると、かすかに君彦の香りを感じた。

「……え？」

三分の二ほど捲ったところで、織江は動きを止める。添えられていた絵から、海辺で追い詰められたふたりが島民たちに捕まるところだとわかった。しかしその場面は織江が記憶している内容とは明らかに違う。

――矢じゃない……？

娘の胸の前には農具が振りかざされている。そして娘は両手を体の横に広げ、その背に袴姿の男を庇っている。まるで、娘がマレビト様を護ろうとして斬りつけられたみたいに。

（違う。私の中にある記憶と、ここに書かれている話は同じじゃない）

織江はかつて弓で射られたのだ。農具で切り裂かれた記憶などない。描かれている男の服装がシャツではないところからしても、織江がかつて手に手を取り合って逃げた男が、ここに描かれている男でありえないことは確定的だった。

古文書の内容が間違えているとも考えられない。君彦の父親である祭司がこの表紙を織江に見せたとき、初代の祭司から受け継いだものだと言っていた。すると、違えているのは織江の記憶ということになる。

やはり夢だったのだろうか。

でも、それなら何故自分の左腕には弓で射貫かれた痕があるのか。この傷痕が前の人生から引き継いだものだと言ったのは母だ。

母からその話を聞いたのはいつだった？　はっきりとは思い出せないが、少なくとも、父のあの発言のあとだろうということはわかる。

——もしや織江には、織江として生まれる前の記憶があるのではないか。

——おまえは、マレビト様のお怒りを鎮めるために生まれてきたのではないか。

そう父が言ってくれるまで、織江の中にある奇妙な記憶は夢だと思われていた。現実にそんな出来事はなかったと、周囲から口を揃えて否定されていたのだから。

（どういうこと……？）

捲った古文書に視線を落としたまま固まっていると、小屋の引き戸が開いた。

「おう、お嬢ちゃん。寝てると聞いていたが、起きたのか」

業正だった。彼は土間に入ると後ろ手に戸を閉め、内側につっかえ棒をする。君彦は、と尋ねると、食事の間は例の納屋での見張り役を交代するという話だった。

「あの、このお洋服……」

スカートをつまんで尋ねると、業正は口角を上げる。

「おう、なかなかいいだろ。本島のデパートで買ったんだ。予想通り、よく似合うな」

「業正さんが？　私のために？」

「選んだのは君彦だからセンスの心配はしなくていいぞ。これから本島へ行って恥をかかないためにも、ハイカラな服を持っていたほうがいいだろうってな」

聞きたいのはそういう話ではなかった。何故彼が見ず知らずの自分のために、わざわざ服を買おうと思ってくれたのか。知りたいのはそこだ。だが、選んだのが君彦だと思うとなんとなくそちらのほうが気になってくる。親切を否定しておきながら服を見立ててくれるなんて……どういう風のふきまわしだろう。

食器棚から木の椀をふたつ取り出した業正は、サンダルを適当に脱いで板の間に足をかける。そこで織江の手の中にあるものに気づいたようで、口角を上げた。

「ああ、その古い本はな、君彦に頼んで彼の実家から盗んできてもらったものだ。マレビト様に関する由緒正しき古文書だぞ。俺はあらかた解読したが、話して聞かせようか？」

「……え、読まれたんですか」

業正が読むために君彦が持ってきたのか。でも、どうして業正がマレビト様に興味を？

「意外か？　俺にも知らなければいけない事情ってやつがあってな」

織江の胸の中の疑問に答えるように彼は言って、目尻に優しいしわを寄せる。不思議な人だ。彼は君彦とも織江とも対等に接してくれる。年は父親ほど離れているが、まるで兄のようだ。気さくで飾らず、包容力があって頼れる。

囲炉裏端であぐらをかいた業正は、次に大きな体を屈めて鍋の木の蓋を取った。ふわっと湯気が立ちのぼると、味噌汁のいい匂いが部屋を満たした。

「山菜の味噌汁か。君彦のやつ、フェミニストを気取っているだけあって何でも器用にこなすな。ひとまず食事にしよう。食うだろ？」

「はい」

迷わず織江は頷いた。もう飢えて死にたいとは思わなかった。せめて、自分がどんな状況にいて、どんな現実から目を逸らしてきたのかを知るまでは、死ねない。

向かいに腰を下ろす織江を見て、業正は喜ばしそうな表情で玉杓子《たまじゃくし》を鍋に入れる。家族でもない男と、それもこんなに年の離れた相手とふたりで食事をするのは初めてだ。織江はなんとなく落ち着かない気分で箸を持ったが、食べ始めると不思議とほっとした。


その後、食事をしながら業正が語ったマレビト様の古文書の内容は、あらかた織江が知っているとおりだった。明らかに異なっていると言えるのは、いくつかの点だけだ。

まず、ふたりが逃亡を図ったのは夜だ。昼間の出来事じゃない。つまり織江の記憶の中にある、木漏れ日が落ちた林や美しい海、真っ白な海岸の風景は間違いということになる。あの光景は娘がマレビト様と逃げたときに見たものではなかったのだ。

そして、娘の死因はやはり弓で射貫かれたことではなかった。マレビト様を庇い、島民から農具で胸を刺されたこと。急所を一撃され、助けようがなかったそうだ。

しかし直後にマレビト様が放った言葉は、織江が知っているものと同じ――死ぬな。こんな理不尽がまかり通ってなるものか。おまえはわたしと行くのだ。そうだろう。ああ、いやだ。別れとうない。呪ってやる。この島を、呪ってやる――。

そこでもうひとつ違和感を覚えたのは、マレビト様の言葉遣いだった。林を駆けている間、織江を急かした男の言葉はもっと柔らかくて現代的だった。自らをぼくと呼び、織江をきみと呼んだ。

　どうして最後に突然、別人のようになってしまっているのか。よくよく思い返してみて、織江は悟る。自分はマレビト様の最後の言葉を「覚えている」のではなく「知っている」のだと。その部分だけ、取って付けたように。

　いよいよ自分の中にある記憶の意味を考え始めたとき、業正が言った。

「しかし、お嬢ちゃんと君彦は本当にマレビト伝説のふたりみたいだな。一度目に逃亡したときは、死線を彷徨う羽目になったんだろ」

　えっ、と短い言葉が漏れる。一度目というのはどういうことだろう。

「君彦から聞いたぞ。お嬢ちゃんが八つのとき、君彦がきみを戌井の屋敷から連れ出したこと。家の中に閉じ込められっきりのきみを、囚《とら》われのお姫様みたいでかわいそうだと思ったって……十二の少年が駆け落ちとは実にマセてるよな」

　膝の上に置いた両手が震えるのを、抑えきれなかった。

　君彦が自分を連れて逃亡を図っていた。もう、十年も前に。織江はそんなこと覚えていない。幼い頃は屋敷の中だけで生活していたし、だから君彦との接点などなかったはず。だが、それなら辻褄《つじつま》が合う。

　叔父が言っていた、君彦が二度も戌井家を欺いたという言葉の意味だ。一度目はきっと、今回と同じように彼が織江を攫ったときのこと。すると彼が祭司の跡を継ぐ資格を失った理由は……まさか、織江を逃がそうとしたから？

「で……でも、あのときは、昼間でしたから……」

恐る恐る、話の続きを引き出そうとする。確かめなければならないことがいくつかある。

「ああ、そうだな。お嬢ちゃんは決死の覚悟で窓から部屋を抜け出して、君彦の胸に飛び込んだんだろ」

「そ、それに、私、弓で射られるなんて……思ってもみなくて」

「偶然兎狩りの弓に当たったって聞いたが、命があって本当によかったな。当たりどころが悪ければ即死だったかもしれないからな」

「ええ……本当に」

平静を装って頷きつつも、本当は倒れてしまいそうだった。頭痛がして視界がぐらぐらと揺れている。そうだったのか。織江の中にある、マレビト様とともに林を駆けて逃走した記憶は、かつて彼を愛した娘のものではない。幼かった織江自身のものだ。すると、洞窟の中で織江が腕の傷痕を見せて前世からのものだと言ったとき、君彦が衝撃を受けていたことも頷ける。

マレビト様なんかじゃない。織江の手を引いていたのは――他ならぬ君彦だった。

(彼が、あのときの人……)

織江は記憶の中にいるマレビト様のことを、幼い頃からずっと頼もしく、恋しく感じていた。彼と再び逢えるなら、地中に埋められて死ぬのも怖くなかった。その気持ちが本当に向けられていたのは君彦に対してだった……?

「あの、わ、私……っ」

矢も盾もたまらず、織江は立ち上がって土間に駆け下りる。一刻も早く君彦本人の口から真実を聞きたくて、じっとしてなどいられなかった。

「お嬢ちゃん？」

「私、君彦さんのところへ行ってきます！」

なんて自分は愚かだったのだろう。彼は最初から何かを言いたげにしていた。目の前の事実を疑えと教えてくれていた。もしもあのとき彼の言い分を聞いていたら……そうしたらもっと、別の今があったかもしれないのに。

するとサンダルを履いて戸を開いたところで、業正が土間に下りてくる。

「俺も一緒に行こう。道がわからないだろう。それに、万が一追っ手と出くわしたときのためにもひとりで外を出歩かないほうがいい」

蛇《じゃ》の目傘《めがさ》を開いた彼は、織江にそれを差しかけて先を促してくれる。傘の柄を握る無骨な右手が頼もしい。ありがとうございますとお礼を言って歩きながら、織江は密かに君彦のことを思い浮かべて高鳴る胸を押さえた。

幼い頃、ともに林を駆けたときだけじゃない。今日だって君彦は洞窟の中で織江を支え、導いてくれた。昔も今も、織江をどうにか生かそうとしてくれていたのだ。

（君彦さんとなら……）

一緒に本島へ行って、ふたりで生きていけるのではないかと織江は思う。海の向こうで何が待っているかはわからない。でも、君彦と一緒ならきっとやっていける。

業正が前方を示したのは数分後だ。坂道を下りきったところに、その建物はあった。

「あそこだ。普段は農具入れにしている納屋なんだが」

骨ばった業正の左手が示す先、背の高い木々に囲まれて建っているのは板を打ち付けただけの簡素な小屋。屋根には重石がのせられ、木戸は手前に引く形の粗末なものだ。大きさは異なっているが、織江が監禁されていた小屋と雰囲気が似ている。

庇《ひさし》のないその納屋の前までやってくると、傘を持っている業正に代わって織江が取っ手に手を伸ばした。何と言って声を掛けようか迷いながら木戸を引いた、そのときだった。

「君彦さん……」

わずかに開いた隙間から、女の声が聞こえてくる。長沖みねの声だ。彼女が何故ここに。

「本当に、わたしと結婚してくれるの？」

「ああ。きみがそれを望むなら。明日まずは島に帰って、ご両親にご挨拶しよう。誰に反対されてもぼくと一緒になる勇気が、きみにあればね」

耳を疑わずにはいられなかった。君彦は今なんて言った？　みねと一緒になる？　明日島に帰る？　織江を連れて本島へ向かう話はどうなってしまったのだろう。

「勇気ならあるわ。あなたを誰にも渡したくなくて、わたし、戻ってきたのよ」

「そう」

「どんなに冷たくされても、たとえ酷い目に遭ったとしても、あなたが好きだから」

聞き間違いかもしれない。男性の声は君彦のものではなかった可能性もある。そう思って暗闇に目を凝らすと、小屋の壁際にぼんやりと君彦の横顔が見えた。みねを追い詰めるようにして、壁に手をついて迫っている。色気を濃く纏ったその唇は、みねの理性を搦め捕るように鼻筋をゆったり通って唇へと向かう。

「覚悟は決まってるんだね？」

「もちろんよ。誰に反対されても結婚する。まずは君彦さんの言うとおり、雷が去ったら父を説得して島へ戻るわ。あなたも島へ戻ってきてくれるのよね？」

「ああ。きみは本当に健気で可愛らしいね。今まで出会ったどんな女性より愛しいよ」

囁かれる愛の言葉に、織江の胸は締め付けられるように痛んだ。ようやく決意したのに――君彦への気持ちを摑みかけたのに、彼は行ってしまうつもりだ。懐柔するだけ懐柔した織江を捨て、みねとともに住み慣れた島へ。

「ねえ、織江さんのことは？　放っておいていいの？」

「言っただろう。ぼくは彼女に憎まれたいんだよ。そのためなら、掌だって返すさ」

心臓がどくどくと脈を打ち、暗く重い感情が込み上げてくる。そうだ。彼は心変わりをしたわけじゃない。最初から織江に情を移したりなどしていないのだ。君彦はずっと、自分を憎めと要求していただけ。

唇を重ねようとするふたりから目を逸らし、織江は踵を返して駆け出した。

「お嬢ちゃん？」

異変を察したのか、業正がすぐさま追いかけてくる。けれど容易には振り返れそうになかった。再び納屋を目にしたら、現実を認めるようで怖かったのだ。

――『愛しいよ』

あんな言葉、織江は一度も耳にしたことがない。優しく誘惑されたことも、大事そうに唇を寄せられたこともない。かつて、手に手を取り合って逃げた過去だってあるのに。そう思うとやけに虚しくて、そんなふうに考える自分が愚かに感じられてしまう。

考えてみれば、織江はこれまで何度も君彦に大嫌いだと言った。どんなに虐げられようと、マレビト様だけを愛していると宣言した。そのはずだった。

けれど今は、縋るようにこちらを見下ろしていたあの真っ黒な瞳が脳裏に浮かぶ。優しく怪我の手当てをしてくれたことや、何も言わずに寄り添ってくれたこと、庇うように背中に隠してくれたことが次々に頭をよぎって離れてくれない。

「おい、待てって！」

元いた小屋の前まで駆けてきたところで、業正の左手が織江の右肩を摑んだ。強引に振り向かされたとき、織江の頰には雨粒に紛れて涙が伝っていた。

「どうしたんだ、いきなり。何があったんだ」

業正には君彦とみねの会話が聞こえていなかったのだろう。心配そうな低い問いに、織江は何もかもを拒絶するように俯くしかできなかった。無理やり純潔を散らされたときより、何倍も苦しい。

わかっていたことだ。君彦があちこちの女に軽々しく手を出し、自由恋愛を楽しむ男であることは。自分はそんな彼を忌避《きひ》し、穢されたことで深く憎んでいるはずだった。

それなのに、どうして胸が痛むのだろう。

「……ふ……っ」

さあさあと体を濡らす雨の中、織江は肩を震わせて小さくしゃくりあげる。信じようとした世界が残らず崩れ去り、縋るものもすべて失ったような気分だった。

「……お嬢ちゃん」

歪んだ視界の中で、業正の影がゆらと動く。蛇の目傘が差しかけられ、反対の手が右肩へと伸びてくる。だがその無骨な左手は、織江に触れる寸前で迷うように拳になった。

「お嬢ちゃん、きみは……もしかしてもう君彦を好いてはいないのか」

答えられなかった。もう好いてはいない――ということは、業正は幼かったふたりの間に淡い恋が芽生えていたと思っていたのだろう。その恋が今も続いていると思って、ふたりを逃がそうとしてくれていたのかもしれない。

「これから君彦と暮らしていくのは苦痛か？」

織江の気持ちがどうあれ、君彦にはすでにその気がないことは確かだ。織江が自分の世界に固執し、真実から目を背けているうちに失ってしまった。どう返答したらいいのかわからなくてただ涙を零していると、来た道の向こうに人影が見えた。君彦だ。傘もささず、ポケットに手を突っ込んで、気ままそうに歩いてくる。

何故戻ってきたのだろう。まさか、織江を捨ててみねと行くことを律儀にも伝えに来たのか。そう思った途端、唇から心にもない言葉が出ていた。

「わかり……ません」

「わからない？　君彦への気持ちが？」

「……だって、あ、あんな人と暮らす未来なんて想像もできないもの」

嘘だ。真実を確かめたら彼の手を取ってしまおうという気持ちが織江の中にはあった。ふたりで一緒に本島で暮らしていきたいという気持ちが。でも、君彦はそれを望んでいない。彼が選んだのは、織江ではなくみねなのだ。

「あいつが、嫌いか？」

「……好きにも嫌いにもなれません。この先、特別憎いとも……思えそうにないです」

織江の発言が聞こえたのか、君彦は立ち止まってふと目を細めた。冷めたその眼差しから、特別な感情は読み取れない。じっと見つめられると本心まで見透かされそうで、織江はすぐに目を逸らした。

5章

細く絶え間のない、蜘蛛《くも》の糸のような雨が降り注いでいる。

風に煽られても距離を変えず、孤独なまま地面にそれぞれ吸い込まれていく。あんなふうに必要以上に他者と関わり合わず、ややこしい関係などすべて捨てて、織江とたったふたりで生きていけたらどんなに幸せだろうと君彦は思う。

「じゃあ、わたしは父を説得しに戻るわ。君彦さんもどうかお気をつけて」

「ああ、ありがとう」

長沖みねは愚かにも、織江を捨てて自分を取ると言った君彦の言葉を信じたようだった。我ながら非情な行いをしていると思う。だが、憐れむ気持ちはとうの昔に捨てた。みねが追っ手を連れて島に戻ってくれさえすれば、計画が実行できる。

ポケットに手を突っ込んで死にたい気分で坂道を上りきると、ふたつの人影が見えた。業正が差しかけた蛇の目に、織江が守られている。恋しそうに彼女を見つめる彼の視線には、かつて失った愛しい人への情が滲み出ている。今ならばまだ、彼を止められるのではないかと君彦は思う。もしも織江がそれを望んだなら……ひょっとしたら。しかし、

「あいつが、嫌いか？」

「……好きにも嫌いにもなれません。この先、特別憎いとも……思えそうにないです」

そのやりとりが聞こえると、君彦は失望せずにはいられなかった。無関心。無感情。無気力。それは君彦が最も織江に持ってほしくない性質だった。出逢った当初、少女の織江には自由に生きようという意志があった。たとえ誰に疎まれようと、汚れようと、その権利を捨てる気はさらさらないようだった。あの自由な精神こそを、君彦は守りたかった。

織江に憎まれなければ、この計画は終われない。彼女が聞く耳を持たないとわかったとき、胸の内でそう決意した。業正は君彦と織江が寄り添って生きてくれたらそれでいいと思っているかもしれないが、君彦は違う。

もしも業正の計画をそのまま実行するなら、最後の最後、君彦は織江に憎まれなければならない。誰よりも強く、いっとう殺してやりたいと思うほどに。

ひとつは彼女の救済のため。そしてもうひとつは彼女の心により深く、痛々しいほど鮮やかに、自分の存在を刻みつけるために。

＊

物心ついたときから、外出すれば周囲の者がすっと道を空ける存在だった。

陣宮司家の男子、しかも長男となれば当然だ。この島において最も重要で、最も残酷な神事《しんじ》をやがて司《つかさど》る者。そこへきて一族の中でも群を抜いて整った容姿を持つ君彦は、十二になる頃すでに畏《おそ》れだけでなく羨望《せんぼう》の眼差しを向けられる少年だった。

「君彦くん、隠れ鬼をしないか」

誘われたのは放課後のことだった。学校で一番の暴れん坊が発案者。だが、参加しても面白くないことは目に見えていた。なにしろ彼らは君彦と本気で遊ばない。間違いも指摘しない。明らかな非が君彦にあっても、責めるどころか文句を言う人間もいなかった。

「いいね。やろうか」

それでも断ることはできない。父から陣宮司家の長男たるもの、身勝手に振る舞うなと言いつけられている。未来の祭司として、あまねく島民から支持されるよう協調性をもって行動するようにと。

「よし、始めるぞ！　じゃーんけーん……」

場所は決まってマレビト様の祠の周辺だ。つまり死の病を封じた『箱』が埋められている場所の近く。しかし病はこの場所から始まると決まったわけではなく、マレビト様の祠は神聖で安全な場所と考えられていた。それで、周りで遊ぶのを止める大人はいなかった。

(誰も来ないな)

隠れ鬼を開始して十分、予想通り鬼は君彦を捜しに来なかった。誰が鬼になろうと、君彦を捕まえるのは最後だ。最初にあっさり捕まえて、恥をかかせたりはしない。
こんなにつまらない遊びがあるだろうか。あくびをしながらぶらぶらと林を彷徨ってい
ると、やけにしっかりとした並びの植木を見つけた。生け垣だ。この先は民家の敷地内な
のだろう。ひまつぶしにと何気なく植木の下を潜った途端、その声は聞こえた。
「あなた、だあれ？」
高く細い声にびくりと全身が硬くなる。顔を上げて、どれだけ驚いたか。
（人形か？）
腰まである色素の薄い髪に、透き通るほど白い肌。年齢は六つか七つといったところだ
ろう。顔立ちは幼く体の線も細いが、瞳の印象がやけに強かった。控えめな唇と一見アン
バランスにも思える大きな瞳は、じっと君彦を見つめている。可憐という言葉が難なく似
合う少女は、長袖の赤いモダンなワンピースを着て、狭い裏庭の片隅に立てられた日よけ
用の赤い傘の下にいた。
「だれ？」
重ねて尋ねられ、君彦は我に返った。マレビト様の林の奥に建つ屋敷といえば、島の地
主である戌井家のものしかありえない。戌井家はとある理由から、唯一、この島において
祭司の家系である陣宮司家の権力を凌ぐ家だ。勝手に侵入したとなればただでは済まない。
慌てて庭から去ろうとすると、小さな手にシャツの左の袖口を摑まれる。
「ねえ、だれなの。お兄様ともお父様とも叔父様ともちがう。でも、おとこ？」

振り払って逃げてしまえば良かったのだが、むっとしてしまってできなかった。もしや女と勘違いされているのではないかと思ったからだ。

「見ればわかるだろ」

いかに麗々しいと噂されても君彦の体格は女のものじゃない。女々しいと言われるのが嫌で幼い頃から屋外を駆け回り、男らしい筋肉を身につけたつもりだ。シャツの襟元を軽く引っ張って胸元を見せてやると、少女は目を丸くして口もとを押さえる。

「戌井のおとこのほかにも、おとこがいた……！」

「驚くところ、そこ？」

脱力してしまう。つまり彼女は君彦を女と見間違えたのではなく、一族以外の男を目にしたことがなかっただけなのだ。訊けば一日中家に籠もりきりで、出歩けるのは芝生を敷き詰めたこの狭い裏庭のみだという。しかも使用人は全員が女という環境にいるため、男というのは例外的な生き物だと思い込んでいたらしい。あまりにも世間からずれた感覚に、君彦はおかしくて庭の隅で震えた。素直に可愛いと思った。

「きみ、名前は？」

「織江。いぬいおりえ。やっつよ」

「八つ……というわりに小柄だね」

「こがら？」

「いや、なんでもないよ」

笑顔で返答した君彦の頭の中には『神の娘』という言葉が浮かぶ。八年前、織江が生まれたときに島内で流れた妙な噂のことだ。

当時、戌井家の嫁が娘を産んだというおめでたい話はあっという間に周知となった。

しかしいつの間に夫人が妊娠していたのか、どの助産婦が子供を取り上げたのかなど、狭い社会なら当然のように判明してもいいようなことがまったく漏れ伝わってこなかった。

そのうえ、当時戌井家に出入りしていた使用人がいっぺんに解雇され、揃って行方をくらませるという不可解な出来事も重なり、生まれたのは神の子だ、使用人たちは神隠しにあったのだとまことしやかに噂されたのだった。

確かに、その噂も頷ける。君彦が納得するほど、織江は浮き世離れした容姿の子供だった。単純に綺麗というより、とにかく珍しい。君彦の周囲にはいない血統のように見える。

「へえ、織江ちゃんは海岸を歩いたこともないのか」

「……ないの。お父様が、海は寒いからいけないって」

傘の陰で丸くなった織江は、こほんとひとつ咳をする。真っ白だった彼女の頬はいつの間にかほんのり上気していて、どことなく熱っぽいように見える。

「そうか。きみは体が弱いんだね」

「からだよわい？」

「ええと……風邪とかよく引くの？　熱を出したり、咳が出たり」

君彦が問うと、質問の意図が読めなかったのか織江は一瞬きょとんとしたが、迷いながらも頷いた。家の中を歩きすぎても、陽に当たりすぎても疲れて熱が出てしまうのだそうだ。つまり彼女がこの屋敷から一歩も出られない理由は、体が弱いからなのだ。大切に育てられているといえばそうなのだろうが、ひとりでぽつんと狭い庭の片隅にいる彼女が、君彦には本当に大切にされているようには見えなかった。

同情しつつも、君彦は腰を上げる。そろそろ隠れ鬼が終わる頃だ。

「じゃあ、ぼくは行くよ。だけど、ぼくがここにいたことはほかの誰にも言わないでもらえるかな。見つかったらきっと、こっぴどく叱《しか》られるだろうから」

「わ、わかったわ。ぜったい、ぜったい、だれにも言わない！」

怒られるという言葉に青ざめ、何度も頷いて秘密を誓う織江が可愛い。きっと叱られ慣れていないのだろう。従順でいい子なのだ。陣宮司家の近所にも彼女くらいの女の子が何人もいるが、こんなにも染まっていない、純真無垢な女の子に出会ったのは初めてだ。

「ありがとう。助かるよ。もう二度と迷い込まないようにするから、堪忍《かんにん》して」

生け垣をくぐって庭の外に出ると、彼女は植木の向こうで寂しげな顔になる。

「……これっきり、会えないの？」

名残惜しそうな声に、そうだよとは答えられなかった。細かな枝葉に遮られた白い肌が、まるで囚人のもののように見える。なんだか目を離した隙にふと消えてしまいそうで、君彦は生け垣越しに、少女と目を合わせて口角を上げた。

「また来るよ。そうだな。いつか、晴れた日に」

「ほんとう!?」

「うん。きみが今日、ぼくと会ったことを秘密にしていてくれたらね」

いつ果たせるとも知れない約束だった。

こうして人知れず訪ねて来ても、今日のように織江だけが庭に出ているとは限らない。使用人を含む戌井家の人間が彼女の側にいれば、君彦には近づけない。なにしろこれは戌井家の領域を侵す行為なのだ。

よしんば戌井家からのおとがめがなかったとして、君彦の両親が激怒することは目に見えていた。人様の裏庭に侵入し、あまつさえ大事なお嬢様に声を掛けるなど立派な男子のすることではない。かといって表から堂々と「織江さんに会わせてください」と願い出たところで、病弱な彼女の部屋へ簡単に通してもらえるとは考えられなかった。

「ひみつにする。するから、お願い。また来て」

「ああ。来るよ」

それでももう一度、会えたらと思った。好奇心というより、同情心からと言ったほうが正しい。窮屈な場所で孤独に耐える彼女に、これ以上寂しい思いをさせたくなかった。

いつか、晴れた日に。君彦は林を抜けながら、必ず再会しようと心に誓った。


翌日、翌々日、君彦は律儀にも前日と同じ午後三時に戌井家の裏庭を訪れた。「いつか」

と言ったものの日を置いたら忘れられてしまう気がして、一刻も早く会いたかった。従順な友人たちからの遊びの誘いを片っ端から断り、鬱蒼《うっそう》と茂《しげ》る木々をかき分ける日々。

しかし待てど暮らせど、いっこうに織江は裏庭に姿を現さない。そこで先日、彼女が咳をしていたことを思い出し、もしや床に就いているのではと心配になった。陽に当たりすぎるといけないと言っていたが、あのとき織江は無理をしていたのでは。

――だとしたら、ぼくの所為だ。

いてもたってもいられなくなり、三日目には森で摘んだ白い木春菊《もくしゅんぎく》の花を一輪持っていって、赤い傘の陰にこっそりと置いた。四日目、五日目、花が萎れても織江は庭に出てこず、六日目には雨が降った。そして迎えた七日目、君彦は生け垣の向こうに赤い着物の小さな後ろ姿を確認して舞い上がりそうになった。

おかしな話だ。ここに通っていたのは彼女のためだったはずなのに、逢えた途端、自分のほうが望みを叶えてもらったような気分になる。

「織江ちゃん」

声を掛けると、日本人形のような長い髪が赤い着物の袖とともに翻った。生け垣越しに君彦を見つけてぱっと顔を綻ばせるさまは、無邪気な子犬のようだ。

「おとこ！」

嬉しそうに呼ばれて噴き出しそうになる。まさか、おとこと呼ばれるとは思いもしなかった。しかしそういえば前回会ったとき、彼女の名前を聞いても君彦は自分の名を名乗らなかった。そうとしか呼びようがなかったのだろう。

しいっ、と唇の前に人差し指を立て、君彦は生け垣に顔を近づける。

「声をあげたら家の者に見つかるよ。すぐにそっちに行くから、静かにね」

君彦の言い分を聞いて、こくこくと頷く織江が可愛い。君彦がほふく前進で生け垣をくぐり始めると周囲を警戒するように見回していたが、腰のあたりまで庭に出たところで首に抱きついてきた。まだ地面に伏せた状態なのに、もう我慢できないといったふうに。

「うれしい……っ」

一生懸命ひそめた気配のある、下手な小声だ。右の耳元で囁かれると、くすぐったいような誇らしげな気分になる。君彦には弟がいるが、こんなふうに懐かれた覚えはない。弟もまた君彦を敬う人間のひとりで、およそ普通の兄弟らしい関係などなく育ってきたのだ。君彦の正体を知らず、懐いてくれる織江の態度はこのうえなく好ましかった。……やはり名乗るのはやめよう。壁を作られたくない。

短くて華奢な腕にぎゅっと力を込められ、体を起こしながら君彦は苦笑する。

「あのさ、女の子が無防備に男に抱きつくなってご両親から教わってない？」

「むぼうびって？」

「ああごめん。きみは一族以外の男を、ぼくしか見たことがないんだったね……」

それに八つの少女に女らしさを求めるのはまだ早いだろう。我ながら妙なことを言ったなと反省しながら、生け垣を背にして芝生にあぐらをかく。首に抱きついたままの織江は自然と君彦の膝に収まる格好になったが、その体は君彦がぎょっとするほど軽かった。ため息でもつこうものなら吹き飛ばしてしまいそうな気がして、少し緊張する。

「織江ちゃん、きみ、もしかしてあれからずっと寝込んでた？　布団の中にいたのかい」

「ううん。起きてたの」

「じゃあ、庭に出てこられなかったのはどうして？」

「まだ来週になってないからって」

何を言っているのだろうと一瞬戸惑ったが、数秒して、彼女が外の空気に当たれるのは週に一度のことなのだと悟る。最初に教えておいてほしかったと思う気持ちもあったが、ひとまず体調を崩していたのでないのならよかった。

「今日は、きみにあげたいものがあるんだ」

ズボンの右ポケットから取り出したのは小さな桃色の貝殻だ。二度目にここを訪れる直前、学校の帰りに砂浜で拾ったもの。海岸を歩いたことがないという少女に、海の欠片を見せてやりたかった。綺麗とか可愛いとか言って喜ばれるかと思いきや、織江は怪訝《けげん》そうにそれを左手の指先で摘《つ》まみ上げて言う。

「……食べるところがないの」

大真面目な一言に、困惑しつつも笑いを堪《こら》えきれず震えてしまう。

「た、食べる……いや、これは、食べるために拾ったわけじゃなくてさ」

「貝は食べものよ」

「うん。わかるよ。わかるんだけどね」

世間擦れしていないというか、ものを知らなすぎるというか。どんなふうに育てたらこんなに真っ白な人間になるのだろう。君彦はあぐらの上に座った織江の背中に手をまわし、落とさないように支えてから目を合わせて話す。

「それは海岸で拾ったんだ。きみ、海岸を歩いたことがないって言ってたから。少しは砂浜の雰囲気を味わってもらえたらなと思って」

「すなはま……って、こういう食べかすがおちてるところなの」

「食べかすじゃないんだけど、うん、たくさん落ちてるよ」

「たくさん⁉　だれがたべたの？　もしかして美津子さん？」

「み、みつこさんって誰だい」

「お手伝いさんよ。とっても食いしんぼうなの。こないだ、お台所でつまみぐいしてるのを見ちゃって……ねえ、その食べかす、どうしたらいい？　お片づけ、私がする？」

神妙そうに問われて、笑い出さずにはいられなかった。生まれたての生きものを拾ったようだ。君彦が当たり前だと思っている常識を、織江は純粋な言葉で打ち砕いてくれる。

「どうって、どうにもしなくていいんだよ」

「だめよ。散らかしたらお片付けしなくちゃ！」

今まで従順な人間ばかりに囲まれてきた君彦にとって、これほど新鮮で心地よい経験は初めてだった。なにしろ君彦に自分の考えを伝えることに、彼女は迷いを持たない。

未知の世界を教えようと話をふっても、かえって教えられてしまう。織江を通して知る真っさらな世界に、君彦はみるみる夢中になった。

囚われの身のような状況でも、彼女の心は自由だ。誰にも縛られず、誰の介在も許さない気ままさが君彦はとても好きだった。生き生きして、希望に満ちていて……島中を自由に駆け回れる自分よりずっと、彼女のほうが縛りのない世界にいるようだった。

それからというもの、毎週水曜日の放課後に織江のもとへ向かうのが習慣化してゆく。林の中で見つけた花や野草、海辺で見つけた貝殻やサンゴが手土産だ。それらを差し出すたびに織江は目を輝かせて喜び、そんな様子を見るのが週に一度の楽しみになった。

女々《めめ》しかろうが男らしくなかろうが、男同士で隠れ鬼をするより織江といたほうが自分らしくいられる。自由に生きていると思えた。

やがて裏庭の隅での密会が五回を数える頃、織江がぽつりと言った。

「すなはま、おとこといっしょに歩いてみたいな。お花畑も、林の中も」

諦めまじりの声に、君彦の胸は痛む。戌井の屋敷は高台に建っているが、海岸までさほど遠いわけじゃない。林を抜けていけばあっという間だ。だが、そのわずかな距離さえ織江は越えていくことを許されない。

「ぼくがおぶっていけたらいいんだけど」

「……ううん。いっしょに歩きたいの」

寂しそうに自分の膝を抱える織江が健気に見えて、右手を伸ばして頭を撫でた。指に絡むことなくすっと抜けるさらさらの細い髪の感触さえ、頼りない。

——単なる同情？　いや、これはどちらかというと同病相憐《どうびょうあいあわ》れむ、というやつだ……。

彼女の周りには、ごく当たり前の道理を教えてくれる人間がいない。それは君彦だって同じだ。陣宮司家の長男としての振る舞いを知っていても、ごく普通の十二歳らしい人間関係を知らない。恵まれた環境だと言うものもいるだろう。それでも、本当に欲しいものなんてひとつも手に入らない。

（彼女の心がどんなに自由でも、体は囚われたままだ）

もしも織江をここから連れ出すことができるなら、そのときは思いっきり、ふたりで自由に駆け回りたい。たった一時間でいいから、立場を忘れて存分に笑いたい。

ささやかな望みはこのときまだ、夢のまた夢でしかなかった。


その日、帰宅した君彦を待っていたのは父の怒声《どせい》だった。

「おまえは一体何を考えているんだ！」

左の頬を殴られ、畳に叩きつけられる。受け身を取るのが精一杯で、頬の痛みは数秒あとになってからようやく感じた。母が父の手に縋ってやめてくださいと叫んでいるが、父の怒りは収まる様子がない。倒れ込んだ君彦の顔に向かって、小さなものを投げつける。

「これに見覚えがあるだろう。このたわけが！」

畳の上に落ちたのは桃色の貝殻だ。サンゴの欠片や、野草を押し花にしたものも。すべて織江に持って行ってやったものだ。さあっと血の気が引いた。

「いつから戌井家の裏庭に忍び込んで長女と会うようになった？」

知られてしまった。君彦の父が知っているからには、彼女の父親だって知っているはずだ。今頃叱られているかもしれない。

「何とか言ったらどうなんだ。幼児趣味か、それとも憐れみか」

「……」

詫《わ》びなければならないとわかっている。だが、申し訳ありませんの一言は喉元でつっかえて出てこない。織江の笑顔を思い出すと、到底悪いことをしたとは思えなかった。

「いいか、あの娘にだけはかまうな。情を移すな。おまえのためだ」

父は袂《たもと》に手を突っ込んで腕組みをし、厳しい顔で君彦を見下ろす。君彦に手を上げ、厳しく叱ることができるのはこの世で唯一この父だけだ。

「……ぼくのため、ですか？」

子供のためだからといって親が与えた環境が、本人の幸福に繋がるとは限らない。織江を通してそのことを痛いほどよく学んだ。反発心から父を睨めば、呆れたようにため息を落とされる。そして、

「戌井織江は次の生贄だ。マレビト様の『箱』を抱かせ、おまえが葬ることになる」

告げられた一言に君彦は凍りついた。

父は続けて、君彦が二十歳になったら祭司としての権限を譲るなどと言っているが、頭に入ってこない。いずれ、織江が『箱』を抱く娘になる。やがて自分は、この手で彼女の命を絶つことになる――。

「うそだ」

ありえない。彼女はまだ八つだ。そんなに残酷な決断を家族が下すわけがない。

「嘘など言ってどうする。私には戌井家からの正式な書状が届いている」

「正式な書状？」

「あの娘をいずれ生贄に差し出すという旨の書状だ。戌井の屋敷に赤ん坊がやってきたその日に受け取った」

「ありえない……！　ご自分の、血を分けた娘でしょう!?」

取り乱した君彦の問いに、父は答えなかった。

「十八年後の生贄が決定して、同じ歳頃の娘を持つ島の者は皆、安堵したものだ。ただ、あの娘は体が弱い。十八まで生きてくれればいいが、それまでに死なれたら元も子もないからな。病原体を運ぶような真似は控えろ」

残酷な言葉を吐く父を見上げ、君彦は悟った。織江が大切に護られている理由。一日でも長く生かしておくためじゃない。いつか死なせるためだ。なんて狂った価値観だろう。

だが、そう訴えたところで同じく狂った父に届くとは思えない。

「わかったらもう二度と、戌井家には近づくな。いいな？」

「……はい」

　承知したふりをして頷きながら、父の言葉に素直に従う気は少しもなかった。織江をみすみす死なせはしない。ましてや、この手で葬るなど論外だ。できるわけがない。


　翌日から三日間は、父親の命令で自宅謹慎《きんしん》する羽目になった。下手なことをしないようにと、玄関の外に見張りを立ててての厳重な謹慎だ。弟はどこか冷めた目で君彦を見ていたが、母親は優しかった。その優しさが、有り難いものであるかは別として。

「君彦さんはお優しいから、お父様は心配していらっしゃるのよ」

　そう言って父を立てる母の手元には、小さな翡翠の勾玉があった。小刀で器用に花模様を彫っている。いずれ君彦が祭司としての役割を父から継いだとき、身につける装身具の一部だ。マレビト様信仰が始まった当初から、祭司は代々衣装から装身具に至るまでを手作りして一新するのが伝統らしい。『死の病』というものを扱うため、穢れが装束や道具に蓄積するのを嫌うのだろう。

「でも大丈夫よ。君彦さんならきっと、いつかお父様に認めていただけるような祭司におなりでしょう。島民の皆さんにも敬われて、慕われる、立派な陣宮司家の長《おさ》にね」

　母は微笑みかけてくれたが、君彦の気持ちは晴れなかった。そうじゃない。自分は父に認められるために生きているのではないし、島民にだって敬われたくも慕われたくもない。

彼らは人の命を奪う行為を陣宮司家に押し付けて、自分たちの手を汚さないことで幾重にも救われている。そんな連中の支持などほしいものか。

本当に崇拝《すうはい》すべきは、織江の持つ自由な心だ。

「過《あやま》ちは誰にだってあるものです。問題は、そのあとにどう軌道修正をするかなのよ」

花模様を彫り終えて、母は勾玉をひとつ紐に通す。そして「お守りですよ」と君彦の首に下げてくれた。ぬくもりのある、母の手作りの装身具だ。

母の気遣いに感謝をしていないわけじゃない。だが、欲しいのはこれじゃない。

『いっしょに歩きたいの』

脳裏には、織江の何気ない一言が蘇る。大人になったら忘れてしまうような言葉でも、このときの君彦には特別だった。祭司を継ぐ者としてでも、陣宮司家の長男としてでもなく、ただの少年として初めて向けられた期待。

もしも織江を救えば、他の少女が彼女の代わりを務めることになるのだろうか。面識がなかったとしたら、いずれ何の疑問も持たずに彼女を地中に埋める役割をまっとうしていたのでは。

考えれば考えるほど、自分の中にある感情が非常識に思えてきて苦しかった。

首に下がった勾玉はずっしりと重く、自由を奪う枷のようだ。だからこそ君彦は、それを外すことができなかった。織江に嵌められた枷は、自分のものよりずっと重くて容易には抜け出せないとわかっていたから。

謹慎があけるまでに様々なことを考えた。だが、何度考えても導き出せる答えはひとつだった。織江を死なせたくない。どんな手を使ったって、生きていてほしい。

だとすれば、すべきことはたったひとつしかない。彼女を連れて、逃げる。

心を決めると、三日間かけて君彦は林の中の道を整えた。もしも織江が駆け抜けたとき、怪我をしたりしないように。

例の『箱』を抱く儀式は彼女が十八になったときに行われるから、焦ってことを運ぶ必要はない。だが、一日だって長くあんな環境に彼女を置いておきたくなかった。

陣宮司家が所有する手漕ぎの舟を一艘《そう》盗み、岩場の陰にロープで固定する。逃亡先は本島だ。エンジン付きのボートなら一時間だが、手漕ぎだともっとかかるだろう。

こうして迎えた水曜の放課後、訪れた戌井家の裏庭に織江の姿はなかった。

隅に立てられていた、日よけの赤い傘もなくなっている。当然だ。君彦がもう二度と織江に会うなと言われたように、彼女だって君彦に会うなと言われているに違いない。肩を落として来た道を引き返そうとすると、頭上から呼ばれた。

「おとこっ」

いつかと同じ下手な小声だ。振り返って見上げると、二階の窓から織江が身を乗り出しているのが見えた。ベージュ色のワンピースをなびかせて、転げ落ちそうな勢いで。危ない、と叫ぼうとすると、何かがふたつ投げられる。

「うわ！」

飛び退いて辛《から》くも直撃を逃れると、草むらに落ちたのは小さな靴だった。慌てて見上げれば、織江は窓から抜け出して一階の庇に足をつけている。やめろと言って止める間もなく、彼女はもう戻れない場所までやってきて両手を広げる。君彦に受け止めろというのだ。

――誰かに目撃されたらどうするんだ。

狼狽えながらも生け垣をくぐって庭に侵入し、庇の上に手を差し伸べる。幸い、戌井の屋敷は古い造りの日本家屋で庇の位置も低かった。織江を受け止めて安堵したのも束の間、耳元で囁かれる。

「すなはまに行くの」

「え？」

「お父様が部屋から出ちゃだめだって。おとこと会ったらいけないって。お母様のことも、おまえのしつけが悪いんだっていって怒るのよ」

「だ、だったらますますこんなことはやめたほうが」

「いやなの。行きたい。だれに怒られても、泣かれてもいいの。織江は悪い子でいい。おとことふたりでいっしょにいたい。だからにげるの！」

織江がどんな気持ちでそう言ったのかはわからない。自室から出してもらえないことに対する反発か、それともこれが最後の機会だと思ったのか。

どちらにせよ、織江の意志は固い。君彦は思わず、その強い瞳に見入っていた。無垢で純真だと思っていたが、それだけではなかった。彼女は生きることに真っ直ぐなのだ。正しさを捨ててがむしゃらに踏み出す少女の目は、生気に満ちあふれて君彦を魅了した。

彼女が側にいてくれたら、きっとなんだってできる。

「わかった。行こう」

靴を履かせて生け垣を一緒にくぐると、君彦は織江の手を引いて海岸を目指した。

問題は、君彦の一歩が小さな織江にとって二歩にも三歩にもなることだ。自分は歩いているつもりでも、彼女は必死になって駆けている。息が切れてとんでもなく苦しそうだ。

「僕の背中にのるかい？　楽になるよ」

「いや！　歩きたいのっ」

まったく聞き入れてもらえなかった。特徴的な丸い瞳は周囲を見回してきらきらしている。無理やり抱えてしまおうともしたが、手脚をばたつかせるので難しかった。

「こっちだ。けもの道を抜ければ勾配が緩やかになる。あと少しの辛抱だから」

どうにか予定の道を半分ほど来たとき、戌井の屋敷のほうから騒がしい声がした。織江の姿がないことに気づいて騒然としているのだと、察するのは難しいことじゃない。

「急げ。早く！」

小さな右手を引っ張って、速度を速めるように催促する。体力のない彼女を走らせるのは心配だったが、背に腹は替えられない。

「あの、待っ……て、お、お願い、苦しいの」

休ませてやりたいのはやまやまだ。だが足を止めたら最後、見つかってしまう。

「ぼくの背にのるんだ。そのほうが速い」

「い、いや。歩くってきめたのっ」

「ならば、あと少し耐えるんだ。一刻も早くこの林を抜けなければ、捕まってしまう」

連れ戻されたら、織江がこれまで以上に閉鎖的な環境に置かれることは目に見えている。なにせ彼女には今回こうして君彦の手を取って逃げた前科ができた。

間違いなくこれが最後の機会だ。なんとしても逃げおおせなければ。君彦はまだ見ぬ本島の風景を思い浮かべながら、気を引き締め直した。

ポケットには貯めに貯めた小遣い、合計百円が入っている。一般的なサラリーマンの平均月収と同じ額だ。裕福な環境にいたおかげで、お年玉や駄賃も高額だったからこそ貯められた。これで少しの間は生活できる。年齢を多めに誤魔化して、住む場所を見つけられるといいが。

「いたぞ！」

そこで後方から男の声がした。織江の家族のものだろう。父か、兄か、叔父か。なんにせよこのままではまずいと顔を歪めると、織江が不安そうな目をした。しっかりしなければ。これから先、織江が頼れるのは君彦だけなのだ。

（絶対に、ぼくが織江を幸せにするんだ）

どれだけ必死で逃げただろう。途中、彼女の足から何度も脱げ落ちた靴は、最終的にはなくなってしまった。普段、どれだけ靴を履き慣れていないのかということを目の当たりにしたようだった。足の大きさ云々の前に、彼女は靴で歩くという行為をしっかりと理解していない。本島へ辿り着いたら、まず靴を新調してやろう。それで、ふたりで手を繋いで街中を散歩するのだ。

そんなことを考えながら枝葉をかき分けると、眼前には砂浜が広がっていた。

「織江っ、砂浜だ！」

思わず呼び捨てにしていた。織江は気にする様子もなく、前方を眺めて目を輝かせる。

「わあ、真っ白……！」

四方を海に囲まれているとはいえ、戌井の屋敷の辺りから見える海は岩場の方角だけだ。初めて砂浜を見たのなら感激するだろう。

「手、つないだまま歩きましょ！」

彼女は木々の向こうに身を乗り出し、君彦を急かす。

その瞬間だった。

びゅっ、と鋭い音を立てて体の左側を風がすり抜ける。一瞬あとに前方の地面に重い衝撃があり、飛んできたのが弓矢だとわかって血の気が引いた。

何故こんなものが。織江がここにいるのに。慌てて織江を庇い身を屈めた君彦は、彼女の二の腕を摑んで違和感を覚える。湿っている。

もしやとそこを覗き込んで、心臓が止まるかと思った。ベージュ色のワンピースの袖が無残にも破れ、鮮血が滲んでいる。矢に掠められたのだ。

「あ……っ」

同じく傷口に目をやった織江が、眩暈を起こしたようにふらつく。支えようとしたが小さな体に芯はなく、その場に倒れ込んでしまった。

「大丈夫か!?」

「……、っん」

うん、と頷く動作は弱々しい。この状態で本島まで逃げられるだろうか……いや、なんとしても逃げなければ。もう引き返せないのだから。

少女を抱えて砂浜に駆け出そうとすると、二本目の矢が飛んできて君彦の体のすぐ左に落ちた。三本目、四本目も立て続けに。すると踏み出そうとした足が止まり、木の幹に隠れたまま身動きが取れなくなる。恐怖に足が竦んだわけじゃない。もし自分が軽々しく動いて、織江に重傷を負わせることになったら取り返しがつかないと思ったのだ。

進むか、甘んじて引き返すか。君彦は決断を迫られていた。

前方では波がさかんに砂浜に打ち寄せて君彦を急かしている。だが、腕の中の小さな女の子は徐々に呼吸が弱々しく、表情も虚ろになってゆく。出血のためというより、痛みに耐えるので精一杯といったふうだ。海からの風がこちらへ向かって吹き込んでくると、織江の小さな唇が声もなく「おとこ」と君彦を呼んで胸が張り裂けそうになった。

——進むしかないと、頭ではわかっているのに。

戌井家で彼女を待っているのは、理不尽な監禁と義務的な死。機会はきっと今回しかない。しかしいずれ手前勝手な死を言い渡されるのと、今、君彦の判断で死の危険に晒されるのとではどう違うのか。自分こそ、身勝手な幸福に彼女を付き合わせているだけではないのか。

逡巡する君彦の腕の中で、織江は青ざめてゆく。短い右手が力を失い、ぶらんと投げ出されると、いよいよ絶望する気持ちを否定しきれなくなった。

（だめだ……）

行けない。これ以上どうしたらいいのかわからない。なんだって自分の力で乗り越えられると思っていた自分は、どんなに浅はかだったか。このような最悪の事態を想像することもできなかったくせに、彼女をこれから護っていけるわけがないじゃないか。

「ごめん、織江……ごめん。ぼくはきみを、ただ、もっと笑わせてやりたくて……」

木の根元に織江の体をもたせかけ、君彦は目に涙を浮かべる。

期待させるだけさせて、土壇場で諦めさせようなんて残酷なことをしている。だが、もう一歩だって進めそうになかった。

何もかもを捨ててふたりきりで生きたいと思った気持ちに嘘はない。だからこそ織江には生きていてほしい。ふたりで逃げる機会が二度と巡ってこないとしても。いつか彼女が自分で自分の置かれている状況に気づき、自力で逃げ出してくれたらいい。生気に満ちあふれた彼女なら、きっとそれを可能とするはずだ。

「やめろ、射るな！」

君彦は織江を護るように、射手のいるであろう方角へ向けて両手を広げる。

「ぼくはもう逃げない！　だから弓を射るのはやめてくれ!!」

我が身を捨てての降参だった。

すると、弓が飛んできたのとはまた別の方向から大人の男が現れる。年齢は君彦の父親と同じ頃。紺色の長着の上からでもわかる、筋肉質な体。彼は冷たい目で君彦を一瞥すると、射手のいる方角に手を振ってやめろと呼びかける。

「これはウサギじゃない！　人だ！」

狩猟の獲物と間違えられて射られたのだと気づいたのはそのときだ。猟場に迷い込んだ覚えはないから、射手のほうがウサギを追ってマレビト様の祠のある林までやってきてしまったのだろう。すると、射手の狙いは君彦と織江ではない。ふたりを追ってきたのは、この体格のいい男のほうだ。

「織江ちゃん、大事ないか」

彼が抱き上げると、織江は少し笑ったようだった。小さな唇が「おじさま」と呼ぶ。織江が知っている男の中のひとり、となると彼女の叔父だ。

「屋敷へ戻ろう。すぐに手当てをしてやる。もう大丈夫だからな」

袂から出した布切れで傷口を縛る仕草は手馴れている。軽々と抱き上げられ、たくましい腕の中にいる織江は安心しきっているように見えた。君彦と手を繋いでいるときよりも。

「も、申し訳ありませんでした」

君彦は男に深々と頭を下げ、素直に詫びた。

「頼みます。彼女を死なせないでください。お願いです」

それは今負った怪我に対しての手当ての要求ではなかった。実の親が彼女に死の義務を課したとしても、叔父である彼は別の考えかもしれない。『箱』を抱く娘として死ぬ道を、回避させてくれるのではと思ったのだ。

しかし君彦の言葉は戌井の男には届かなかった。

「言われなくてもそうするさ。この子は大切な、神への供物《くもつ》だからな。危険な目に遭わせたのはおまえだ。この責任は必ず取ってもらう。覚悟をしておけ」

織江を抱えたまま彼は踵を返し、屋敷の方角へと戻ってゆく。まるで監獄の看守のような背中に、絶望感しか湧いてこなかった。誰も、彼女を助けようとはしない。誰もが彼女を犠牲にして、生き延びようとしている。

＊

君彦に、祭司跡《あと》継《つ》ぎの資格を剝奪するという沙汰が下ったのは一週間後のことだった。

君彦は雨の中で過去を回想し、目を伏せる。織江は業正とともに小屋の中へ戻ったが、君彦はまだ冷たい雨に濡れながら坂道の上で佇んだまま動けなかった。

（織江……）

初めて出会ったときは、お互いに純粋な子供だった。あれきり二度と顔を合わせずにいられたなら、当時の出来事は綺麗な思い出として記憶の中に大切にとっておけたのだろうか。再会する理由さえ、なかったなら。

しかし彼女は現実を直視してはくれなかった。自分の置かれた状況に疑問を持たず、自力で死から逃げようとはしてくれなかった。

――何故、きみは真実に気づかない？

苛立ちを覚えるようになったのは、いつからだったか。

織江が運転手付きの車で外出するようになったのは十二の頃だったと君彦は記憶している。一度気づくと目が車に向くようになり、ウィンドウ越しに何度も彼女とすれ違った。

腰まである色素の薄い髪に、透き通るほど白い肌。控えめな唇と一見アンバランスにも思える大きな瞳。そして折れてしまいそうなくらい細い体。

あの頃可憐という言葉が難なく似合っていた少女は、見かけるたびに大人びて佳人の雰囲気を色濃く纏うようになっていった。他の男たちが彼女の美しさに気づいて噂しないのが不思議なくらいに。

だが、君彦の目から見ればそれは劣化に等しかった。彼女は生きようという意志を失っている。かつて生気に満ちあふれていた瞳は、死に魅入られている。

頼むからそれ以上、表面ばかり美しくなるな。世間離れした薄っぺらい清らかさを身につけるな――君彦は苛立ちとともに焼け付くような焦りを覚えた。

清らかでなどなくていいのだ。卑怯でも自分勝手でも、ただがむしゃらに生きようとしてくれたら。幼い頃の織江が、それだけで充分君彦を魅了したように。しかし君彦の気持ちに気づかず、織江はのうのうと垢抜《あか》けてゆく。そんな姿を目の当たりにしていると、いっそ滅茶苦茶に穢したくもなる。

(やめろ。下衆な想像をするな)

自分を戒めても、一旦浮かんでしまった考えは消せない。

もしもあの日、逃亡が成功してふたりで本島に暮らしていたなら……彼女は今頃、隣で笑っていただろうか。あの生命力に溢れた存在のすべてが、自分だけのものだっただろうか。想像するとたまらなくて、過去にはなかった感情が芽生えていることに気づかされた。

――ぼくは……彼女のことが。

そんな君彦の心情を見透かすかのように、織江は君彦と目が合うと不快そうに眉をひそめた。向けられているのは侮蔑の眼差しだ。十二で道を誤り、今や整ったみてくれで女を引っ掛けるしか能のない男を見下す目――誰のために君彦が島中の娘をたぶらかしているのかも知らずに。だから余計に君彦は織江への劣情を募らせていった。

やがて、決行された誘拐。陵辱。監禁。

君彦は織江に非道の限りを尽くした。憎めと何度も言った。

憎しみの種なら山ほど彼女の中にあるはずだ。本能のままにそこに火をつけてくれたら……あとは君彦が幕を引けばいい。そう思っていたのに。

（どうして親切だなどと言う？　どうして、憎みきってくれないんだ）

中途半端な慈悲などいらない。もとより救われようなどとは考えていない。

織江がこの世に生きて、いつか幸せに笑ってくれるなら。希望通り自分の足で砂浜を歩く日がやってくるなら、いいのだ。彼女の幸福と引き換えなら、自分はどれだけ憎まれても、二度と戻れぬ場所まで堕ちようともかまわないのに。

彼女の自由な心の中でこそ、君彦はきっと唯一、自由になれるのだから。

＊

「お嬢ちゃん、風呂が沸いたぞ。濡れた体をゆっくり温めてくるといい」

業正がそう言って手ぬぐいと浴衣を差し出してくれる。びしょ濡れの体で板の間の隅に腰掛けていた織江は、小声でお礼を言って立ち上がった。

傘をさして小屋を左に回り込むと、業正が教えてくれたとおりドラム缶で作られた質素な風呂を見つける。簡単に板で囲いがしてあり、天井も造り付けられているが、入り口に戸はない。角度が悪ければ丸見えだ。どうやって入浴しようか思案していると、すぐ後ろから君彦がやってきた。

「早く入れよ。冷めるから」

ずっと外にいたのだろうか。もったいぶらずに小屋に入って、みねと結婚するのだと告げてくれたら良かったのに。そうしたら、おめでとうと言って笑ってみせたのに。

「あ、あなたに言われなくても入るわ。あっちへ行ってよ」

「ぼくはここにいる。きみの入浴中、追っ手が寄ってこないように、見張ってる」

さらりと言われて、織江はむっとする。見張り？　覗きの間違いではないだろうか。

「誰かが来たら声を上げるもの。こっちへ来ないで。小屋にいて」

「恥ずかしがらなくていい。きみの裸はもう何度も拝ませてもらってる。裸だけでなく、快楽に溺れてよがり狂う姿までもね」

平手打ちくらい食らわせてやりたいのはやまやまだったが、まだ織江は君彦を正面から見られなかった。背を向けて、傘をたたみ、雨の中で抗議のように立ち尽くす。すると背後から突然二本の腕が伸びてきて左右から織江を閉じ込めた。

「ヤ……っ」

慌てて身をよじったが、逃げられない。君彦の腕は織江の胸の前で交差するようにして、織江の動きを封じてしまう。雨で濡れたつむじに唇を押し付けられ、たまらないといったふうに熱っぽい息を吐かれてぞくっとした。

「や、やめて。お願いだから、あっちへ行って」

これ以上揺さぶらないでほしかった。憎まれたいなら、何故抱きしめたりなどするのか。

「いやだ」

織江の拒否をものともせず、君彦の唇は湿った髪の表面を滑り落ちてゆく。右の耳殻に音を立てて口づけられると、胸がぎゅっとして喉の奥が苦しくなった。

「……ッ、どう、して……何度も、私に触れるの」

君彦はみねと将来を誓ったはずだ。他の女はもう必要ないはず。それなのにまだ少しも満たされていないみたいに抱きしめるのは……どうしてなの。

彼の腕の力強さに戸惑いながら、泣きたい気持ちで織江は俯く。

「どうして、って？　きみはどうしてだと思ってるの？　ぼくが何度もきみに触れる理由が、ただの気まぐれだとでも？」

首筋には、待ちかねていたようにねっとりと彼の舌が這う。それだけで、体が奥から熱くなって指先が震えた。

「そんなの、私にわかるはずが……っ、ん」

首筋に口づけられると、喉元に息が吹きかかって全身が粟立ってゆく。

「へえ、わからないんだ。きみは本当に残酷だよね」

「ざ……残酷なのはあなたのほうよ」

「いいや、きみだよ。ぼくは気が遠くなるほど長い時間、きみを見つめ続けて、気づけと祈って、その果てに何もかも壊れてしまえばいいと願うようになったんだから」

彼の左手の指が、右肩にぐっと食い込んだ。戒めるような刺激を受けて、織江の肌は一気に敏感になる。

「ん、ぁ……っ」

「ずっと……壊してやりたかった。幼い頃はぼくと同じだったのに。いつの間にか真実から目を背けるようになったお綺麗なきみを、ぼくと同じ場所まで引きずり下ろして、ぼくしか見えないようにしてやりたかった」

首筋、顎《あご》の付け根、耳たぶに噛みつくような口づけを与えられたら、膝が折れてしまいそうだった。振り払ってしまえばいいのに、君彦から向けられている狂おしいほどの劣情が心地よくてできない。

「ねえ、織江。ぼくからも聞くけど」

織江をきつく抱きしめたまま、彼は囁く。

「どうしてぼくを憎めなくなった？　何度もこうして抱かれるうちに、情でも芽生えたのかな。きみは自分を強姦した相手に愚かしく懐く性質なの？」

憎めない、というのは先ほど織江が業正に答えた言葉だろう。そういう意味で憎めないと言ったのではない。

「憎めないからって……許したわけじゃないわ」

「じゃあ、ぼくが憎いんだ？」

「な……なんとも思っていないだけだもの……っ」

嘘ばかりを言って、織江は頭だけで振り向く。真っ黒な瞳と目が合うと縋ってしまいたい気持ちが込み上げたが、必死で胸に押し込めた。

「安心して。あなたが誰の手を取ろうが、私は……かまわないわ。突然目の前から消えたとしても、恨んだり憎んだりはしない」

言いながら、まるで敗北宣言のようだと思う。あなたのことは忘れるから、心おきなく他の女性と幸せになって、という。

「ふうん」

君彦は不機嫌そうに短く言って、肩を抱く腕を緩めた。簡単に逃げ出せそうなほどに。

「じゃあ、もし……ぼくがきみの大切なものを残らず奪ったとしたら？　それでもきみは、ぼくを憎まずにいられるのか？」

質問の意図がわからなかった。君彦はすでに織江から大切な純潔を容赦なく奪っている。このうえさらに大切なものなど、どう奪えるというのだろう。

「答えて、織江」

問いかけた唇が、右頬に触れる。それまでの強行が嘘のように、柔らかく押し付けるだけの優しい口づけだった。

「……これまでだって、強引に奪ったくせに……」

「きみの答えが重要なんだよ。憎めるか、憎めないかだけ答えてくれればいい」

「憎んだりしない。なにもかもあなたの思い通りにはならない。あなたを憎むくらいなら、私は自分を呪う。あなたに何もかもを奪われた自分を、愚かだったと呪うわ」

強がって言って、織江は震える唇を結ぶ。憎めと言われて憎んでやるほど、単純な生きものだと思われたくなかった。

「そうか」

ぽつりと返された言葉は、まるでさよならのように寂しい響きをしている。

癖のある彼の黒髪から、ぽたりと雫が落ちてくる。雨だとわかっていても涙と錯覚しそうになるのは、織江の気持ちがまだ揺れているからだろうか。

――これ以上、どう答えたらよかったの。

弱々しく自分を抱く腕の中、織江はもう一言発すべきか迷う。もしも今行かないでと言ったら、彼はもとの島に戻るのをやめるだろうか。ふたりで一緒にいたいと言ったら、業正からも離れて本当にふたりきりで生きていく道を選ぶ？

いいえ、と織江は身震いするようにかすかに頭を振った。そんなことをしたら今以上にみじめになる。引き止めたらいけない。ここにいる君彦は、かつて織江の手を取った少年とは違う。成長するうちに、別人になってしまったのだ。

「……ひとりでだって、私は生きるわ」

織江は震えそうになる手を、体の横でそれぞれぐっと握りしめた。

「あなたの助けなんていらない」

胸が苦しくて張り裂けそうだ。あれほど汚されて、傷つけられて、憎いはずなのに憎みきれないなんてどうかしている。自分でもわかっている。

けれど彼は唯一、織江に生きろと言ってくれた人。

「よくわかった」

君彦は納得したようにふっと笑うと、織江を閉じ込めていた腕をほどく。

「それを聞いて安心したよ。大丈夫、きみはひとりで生きていかなくてもいい。きみを心から愛し、本当の幸せをくれる男と一緒に……いつか何もかもを思い出にするんだ」

いいね？ と尋ねられて、織江は思わず振り返った。意味がわからなかった。本当の幸せをくれる男というのは、誰のこと？ しかし小さな子供にするようにそっと頭を撫でられ、泣き出しそうなほど優しく微笑まれて、心臓が跳ねる。

どこかで見た表情だと思った。かつて、同じ表情で謝られたことがあるような——。

「あなたは一体、何を考えているの……？」

「ぼくが考えているのは、いつだってたったひとりの女の子の幸せだけ」

「みねさんのこと？」

「そう思いたいなら思っていいよ」

彼は意味深に笑って、そこで囲いの外へ出て行ってしまった。声を掛けても無反応、これ以上会話をする気はないようだ。織江は拍子抜けした気分で服を脱ぎ、ドラム缶の湯船に浸かった。

髪と体を洗い、風呂から上がったのは二十分ほどあとだっただろうか。寝巻きとして借りた浴衣に着替えて室内に戻ると、業正が奥の間に布団を敷いておいてくれた。

「少し早いが、一旦休みなさい。湯冷めしないうちにな。腹が減ったら起きてくればいい。すぐに飯を作ってやる」

「何から何までありがとうございます。あの、お食事の支度は手伝いますから」

頭を下げて奥の間に引っ込み、襖を閉めて薄い布団に横になる。洗い髪から香る石鹸の匂いがいつもと違って、不思議な気分だった。数秒してから、かすかに土間の木戸が開いた気配がする。続けて業正がぼそぼそと話す声……会話の相手は君彦だ。

彼らは囲炉裏端に座って話し始めたようだったが、織江は布団をかぶって極力聞かないようにした。君彦はきっと、みねとともに島へ戻ることを打ち明けているだろうから。

(私の、これからの人生……)

ひとりで生きていけると強がったものの、自信はなかった。織江にはひとりで暮らしていく知恵もなければ生活の元手となる金銭もない。本島へ行って働き口を見つけられればいいが、社会とほとんどかかわりなく暮らしてきた自分に勤まるかどうか。

(その前に一度、お父様やお母様、叔父様、お兄様、典子ちゃんときちんと話したい)

島へ戻るのは危険かもしれないが、家族なら庇ってくれるはずだ。もっと生きたいという織江の気持ちも、きっとわかってくれるだろう。それに、尋ねたいこともある。

何故、幼い日に君彦と逃げた記憶がマレビト様と娘のものに塗り替わっているのか。父はどうして織江を、マレビト様の愛した娘の生まれ変わりだと言ったのか。母はどうして織江の腕の傷を、前世からのものだと言ったのか。

頭を駆け巡るのが悪い想像ばかりだからこそ、真実を確かめたかった。

十八年間、家族の皆が優しかった。叔父も昨日はあんなふうに言っていたけれど、本心であってほしくないと思う。きっと叔父には叔父の事情があったのだ。これまでの優しさがすべて嘘だったら……などと、想像するだけで心が折れてしまいそうになる。

布団の中で丸くなったまま家族の顔を思い浮かべていると、意識がふっと遠のいた。耳の奥には『生きろ』という君彦の声が蘇ってきて、夢の手前なのに切なかった。織江は閉じた瞼の内に涙を溜め、眠りに落ちながらそれをひと粒こぼした。


真夜中、目を覚ましたのは寒さと喉の渇きからだ。起き上がってそっと襖を開けてみると、君彦の姿はなかった。板の間には薄い布団を敷いて業正が横になっているだけだ。土間に下り、湯呑みに水を汲む。

小屋の外は風もなくとても静かだ。雨もいつの間にか止んだようで、突き出し窓から外を覗くと、水たまりに欠けた月が映っていた。

(月はどこで見ても綺麗なのね)

以前なかなか外出が許されない中、自分の部屋の窓から見上げていた月は決して届かぬ外の世界の象徴のようだった。今、見知らぬ土地で見る月は、まるで昔から変わらぬ友人みたいだ。懐かしくて、ほっとする。

ぼんやりと湯呑みを口に運んでいると、かすかな足音が聞こえた気がした。坂道の下からだ。野生の生き物だろうか。じっと注目する先に、やがて見えてきたのは意外なほど細い女の影だった。

肩までの髪にはっきりした顔立ち、紺色のワンピース――月光に照らし出されているのは典子だ。どうしてここに。信じがたい気持ちで木戸のつっかえ棒を外し、慌てて小屋から飛び出した。

「典子ちゃん……！」

小声で呼んで駆け寄ると、典子のほうも織江に気づいたらしい。

「織江おねえさまっ、ご無事でよかった！」

坂道の途中で抱き合ったら、典子の髪から懐かしい匂いがして涙が込み上げた。会えてよかった。まさか、あの島の外で再会することになるなんて思いもしなかったが。

「どうして典子ちゃんがここに？　叔父様は？」

「わたしは叔父さまたちとは別に来たの。雨が止んで月が出たから、港の人に無理を言って漁船を出してもらったのよ。おねえさまにどうしても会いたくて」

「わざわざそこまでして……」

妹の気持ちに胸がじんとする。有り難いよりほかに言いようがない。すると典子は織江の両腕を摑んで焦ったように言った。

「ねえおねえさま、おねえさまを攫ったのが、あの陣宮司君彦って本当なの」

即答はできなかった。君彦は典子にも声を掛けたと言っていた。もし典子が君彦にわずかでも惹かれているのなら、よくよく考えて発言しなければ傷つけてしまう。しかし彼女が心配しているのはそういうことではないようだった。

「あの男、わたしにも色目を使うような好色なのよ。織江おねえさまがもし、取り返しのつかないようなことをされていたらって……大丈夫よね？」

純潔を奪われてはいないかと典子は問いたいのだ。迷いながらも、織江は頷いた。

「だ、大丈夫よ」

「本当……？」

「ええ」

事実を打ち明けるべきだ。すでに手遅れだと。わかってはいるが言えそうになかった。知られたくなかったのだ。処女を奪われただけでなく、強引に与えられる快感にまで慣らされてしまったなんて。

「そう、よかった！」

典子はいっそう声を明るくして喜び、続けて海の方角を右手で示す。

「なら、今すぐわたしと一緒に帰りましょ。マレビト様がお待ちかねよ」

「マレビト……様？」

「ええ。中断している『箱』の儀式を最後まで行うの。おねえさまがきちんと土の中に埋められるのを、皆心待ちにしてるんだから」

およそ典子の口から出た言葉とは思えず、織江は困惑した。彼女は織江が儀式に参加するのを反対していたのでは。死に別れるのはいやだと泣いてくれたのではなかったか。

「ちょっと待って、私は」

「待てないわ。一刻も早くおねえさまが『箱』を抱いてくれなければ困るの」

「どうしちゃったの、典子ちゃん。おかしいわ。なにかあったのね？」

異変を察して問うと、典子は返答に詰まった。話そうかどうか迷っているようだ。織江が背中を押すように「話して」と声を掛けると、ようやくその唇が開き直された。

「……本当は、おねえさまに生きて欲しいって思ってる。このままどこかでひっそりと生き延びてくれたらって。でも、お兄さまが……」

矢継ぎ早に訴える典子の肩は震えている。

「お兄さまが『死の病』で臥せられて……お母様も感染したかもしれなくて、このままじゃ家族全員が……島の人たちが全員倒れちゃう！」

背筋に冷たいものがひとすじ流れたみたいだった。兄と母がマレビト様の呪いの病に。自分が『箱』を閉められなかったばっかりに――島の人が次々と。

「織江おねえさまはマレビト様を愛しているのよね？　彼のために死にたいって言ったわよね？　だったらお願いよ。今すぐにマレビト様のもとへ行って、島の皆を助けるようにお願いして……!!」

涙ながらに懇願する妹を見下ろして、織江はこくりと唾を呑む。湿った空気が林をざわめかせ、体をさらうように吹き抜けていった。自分は生きたいのだと、ひとりでも生きていくのだと、宣言することは到底できなかった。

6章

兄の誠治《せいじ》は織江のふたつ歳上で、現在は都内の大学に通う二十歳の大学生だ。

幼い頃は涙もろくて優しくて、臥せがちな織江に付き合ってよく室内で遊んでくれた。近頃は戌井家の跡継ぎとしての自覚が出てきたのか、父に似て厳格な言動が増えてきたように思う。それでも優しいことに変わりはなかった。

『織江、カステラを買ってきたんだ。食べないか』

そう声を掛けてくれたのは二週間ほど前だったか。本島から一時帰島した兄は、他の家族には内緒で織江に特別なお土産を買ってきてくれていた。それを切り分けるために台所に忍び込み、ふたりで幼い頃の話をした。

『懐かしいな。昔もこうして台所に忍び込んだことがあったな。おやつをせしめようって、ふたりで結託してさ』

『ええ。典子ちゃんが生まれたばかりの頃でしたね。みんながそちらにかかりきりでしたから、ここぞとばかりにいたずらを。だけど忍び込んでみれば、先客がいたんですよね』

『ああ。お手伝いの美津子さんが残り物の饅頭を頬張ってたんだ。あれは笑った』

兄は口もとに拳をあててくくくと笑う。不器用そうに切り分けてくれたカステラは大きさが均等ではなく、ボロボロだったが美味しかった。

『台所へ忍び込もうと言い出したのは、確か私です。ずっと部屋に閉じこもりきりだったから、屋敷の中をうろうろしたくて。お兄様は私の我が儘に付き合ってくださって』

『しぶしぶ付き合ったわけじゃない。あのときはどんな我が儘を言われても嬉しかったんだ。織江を独り占めできたようでね』

『独り占め？』

『そう。小さい頃のおまえは日本人形のようで儚げで本当に可愛かった。いつかお嫁さんになってくれたらって思ってたよ』

『まあ。兄妹ですのに』

『小さい頃は本気だったんだよ』

顔を近づけていたずらっぽく言われて、思わず噴き出してしまった。笑い声を上げては家の者に気づかれる。けれど互いを肘《ひじ》でつつきながら、ひとしきり笑った。笑いすぎて、涙が零れるほどだった。

織江はもうすぐマレビト様のもとへ旅立つ。決して戻れない冥府《めいふ》への旅だ。一方、兄はいずれ父に代わり、戌井家という旧家を背負って立つ。

どちらも生まれたときに課せられた重い使命だ。だからこそふたりは互いに理解し合い、普通の兄妹より良好な関係を築けたのかもしれない。

しばらくして、兄はカステラを食べる手を止め織江に向き合った。

『もうすぐマレビト様の儀式だな。織江には大変な役割を背負わせてしまうね』

『そんな！　お兄様がお気になさることじゃ。私から申し出たことですもの』

『同じ戌井家の人間として僕は織江を誇りに思うよ。きっと、マレビト様が幸せにしてくれる。織江の幸せが永遠に続くよう、僕は一生をかけて祈ろう』

そう言って申し訳なさそうに微笑んでくれた。

あの心優しい兄が『死の病』に倒れた。信じたくないし、信じられない。自分が死んだあとも兄は長く生き、戌井家を繁栄させていくものだと思っていたのに。

嘘であってほしいと願いながら、織江は典子に連れられて坂道を下った。

「こっちよ、おねえさま」

十分ほど歩いて、辿り着いたのは港だった。先日織江が死のうとして飛び込んだ浜とは違う。石を積んで舟をつけやすいように整備されているが、これは業正が整えたのだろうか。そこに泊められていたのは小さめの漁船で、知り合いの漁師が舵を握っていた。

典子に導かれ、織江は船に乗り込む。足元で翻るのは桜色の着物の裾だ。業正を起こさぬよう、静かに着替えてきた。奥様の大切な形見ではなく、できればワンピースのほうを着たかったのだが、雨に濡れたきりまだ乾いていなかったので諦めざるを得なかった。

「許してね、おねえさま。薄情だって罵られてもいいわ」

島へ向かって走り出した船の上、典子は苦しそうな表情で何度も織江に詫びた。

「でも、こうなってみてわかったの。人って所詮は数なんだわ。最小限の犠牲で大勢を護れるなら、それは正しい選択なのよ……」

織江の胸はちくんと痛む。自分の命が最小限。だが、致し方ない考え方なのかもしれなかった。だって、以前君彦が相反するような発言をしたとき――あんな狂った連中、何人死のうがかまわないと言ったとき、織江はひとでなしだと彼を罵倒した。自分ひとりが死ねばよかったのにと。

きっと島の人間の大半が、ひとりの犠牲を正義と感じている。


「お兄様、お母様っ！」

屋敷に着くと、織江は真っ先に離れへ向かった。病が感染する性質のため、母と兄は揃って隔離されているとのことだった。

「おり……え、生きて、いたのか」

小さな電灯の下で、兄の声がする。使用人の制止を振り切って枕元に膝をつく。体を屈めると、見えたのは痩せこけた男の顔だった。たった数日で見る影もなくなった兄の姿に、戦慄せずにはいられない。これが『死の病』……マレビト様の呪い。

「も、申し訳、ありません。私が至らぬばかりに」

「織江……お願いよ、はやく『箱』を……わたしたちを助けて……」

布団から母の手が伸びてくる。助けを求めるように差し出された手はやはり骨のように細い。胸がますます締め付けられて、自分は間違えていたのだと思った。

死にたくないなんて、ただの我が儘だった。生きたいなんて、自分勝手だった。

「ごめんなさい……ごめんなさいっ……」

耐えきれずこぼした涙がぱたぱたと畳の上に散る。まだ自分は『箱』を抱いて死ねるだろうか。マレビト様の怒りを鎮められる？　もう純潔でなくなってしまった、この体でも。

詫びながら母の手を取ろうとすると、襟首を誰かに摑まれる。ぐんと引っ張られて、廊下へと引きずり出される。

「きゃ……っ」

「織江」

渡り廊下までやってきたところで、低く掛けられた声にぞっとする。見上げてみれば、織江を離れの部屋から引きずり出したのは父だった。

「お役目を放棄するとは、何て恥知らずなことをしてくれたんだ！」

「お待ちください、お父様っ！　おねえさまは好きで逃げ出したわけじゃないわっ」

典子が止めに入ってくれたが、無駄でしかなかった。父は織江の襟元を摑み、桜色の着物の前を強引に割る。胸元をはだけさせられ、慌てて体を翻したら、渡り廊下の屋根の柱で背中をしたたか打った。

「……やはり陣宮司の長男と寝たか」

降ってきた言葉にはっとする。もしや。昨夕、君彦に口づけられた首筋を手で押さえたが遅かった。典子が衝撃を受けたように口もとを両手で覆っている。男に触れられた痕跡を見られたことは間違いないようだった。

「あれほど……十年前の出会いはなかったものと……マレビト様との前世の記憶であると念入りに刷り込んだのに。陣宮司君彦は失格者だから近づくなと言い聞かせたのに、おまえという女は！」

どくんと心臓が嫌な音を立てる。父が記憶をすり替えた。君彦との逃亡劇と、マレビト様の伝承とを。だから織江の記憶はちぐはぐで、君彦のことも忘れ、ところどころがおかしいのか。

するともしや、母もそれに加担していたのでは。織江の腕の傷を前世からのものだと言ったのは、父の計画を強固にするため――？

「おめおめと生き延びるくらいなら、何故攫われそうになったときに舌を嚙み切って死ななかった？　もしやあの男と結託していたか。育ててもらった恩も忘れ、駆け落ちとはいいご身分だな!!」

「おとう……さま」

これは本当に、あの優しかった父だろうか。

「戌井家の娘が務めも果たさずに情事に耽《ふけ》っていたなどと……こんなにみっともない話、世間様に明らかにはできん。おまえには予定通り『箱』を抱いて死んでもらう。効果がなければそのときはそのとき、また代わりを用意するまでだ」

およそ父の台詞とは思えず、織江は恐ろしさのあまり震えた。彼は『箱』の儀式という大義名分がなくても織江を殺すつもりだ。生かしておくのが恥という、それだけの理由で。

これまで円満だと思っていた家族は一体何だったのか。信じていた世界ががらりと姿を変え、織江は吹きっさらしの野に放り出された気分になる。

典子は泣き出しそうな顔でこちらを見下ろしていたが、きゅっと唇を引き結ぶと織江に背を向けた。裏切り者を見限ったように、足早に去ってゆく。尋ねたいことはたくさんあったが、呼び止められるはずがなかった。

君彦との間に何もなかったと、織江は彼女に嘘をついた。きっと、恨まれている。するとこの瞬間、織江は本当にひとりぼっちになってしまった気がした。

そこへ、父と入れ違いで使用人の美津子がやってくる。

「織江お嬢様、どうぞこちらへ」

連れて行かれたのは織江の部屋だった。出掛けた日から何も変わっていない。壁際の洋服箪笥《だんす》も学習机も、檻のような格子が付けられた窓も。

「明朝、日が昇りましたら沐浴へ参ります。その後、儀式を再度執り行うとのことです。今夜は部屋に外から鍵を掛けさせていただきますので、ご承知ください」

にこりともせず美津子が去って、織江は部屋の畳にへたり込んだ。以前とまったく同じ部屋なのに、自分だけが異質なものになってしまったみたいだった。

＊

一方、君彦は単独で織江のいる島を目指していた。

業正が所有する釣り舟を無断で持ち出し、全力で。出発したのはもう二十分も前だ。当初は業正と織江に気づかれないうちにひっそりと自分が消えるつもりだった。織江に憎まれることができないなら、業正の計画を自分がすべて実行してふたりを逃がすのが最善の策だと思ったからだ。しかし漁船の登場で予定が狂った。

——織江と、一緒に乗っていたのは妹の典子だった。

不意をつかれた、と思う。典子が織江を誘い出しに行ったのは、恐らく君彦が海へ向かってからだ。納屋にいたら何人たりとも織江には近づけさせなかったのに。

よもや妹を使われるとは思ってもみなかった。あの仲の良い姉妹のこと、妹に戻ってきてと言われて織江が断れるわけはない。

結果、織江を乗せた漁船を君彦は目の前で見送る羽目になった。何も知らずに呑気《のんき》に業正の舟を盗もうとしていたときのことだった。

「クソっ……」

額《ひたい》の汗を左手の甲で拭って、君彦は自分に焦るなと言い聞かせる。

大丈夫だ。織江はもう純潔じゃない。肌にも痕を残しておいた。儀式を正しく行おうとするなら、彼女は『箱』を抱く娘にはなれない。簡単には殺されない――はずだ。

(奴らに常識が通じれば、の話だが)

やがて近づいてきた島は、紙を広げたように平たく見えて不気味だった。

灯台以外に立体感はほとんどなく、昼間より形がくっきりとしている。月光が浮かび上がらせる島の輪郭には、どこか現実味がない。

こんなちっぽけな島ひとつを守るために、少女の命を当たり前に犠牲にできるなど笑ってしまう。皆『死の病』が本当に恐ろしいなら別の島へ逃げればいいのだ。この島にしがみついて離れたくないというのなら、自ら犠牲になればいい。彼女に死を強要する輩の罪は当然だが、ただ気の毒そうな顔をして鉢が回って来ないことに安堵している輩も同罪じゃないか。全員、死んでしまえばいい。

港に近づくと息をひそめ、君彦は釣り舟を迂回させた。漁に出る漁船が支度を始めている。港に舟をつけるわけにはいかない。そうして岩場にさしかかったところで、高台を見上げると戌井家の屋敷の灯りが見えた。

――きっと織江はあそこだ。

舟を砂浜に揚げ、君彦は林に駆け込む。いつか幼い織江の手を引いてやって来たけもの道。鬱蒼とした木々に遮られて、視界は闇一色だ。そこに時折射し込む灯台の光だけが、君彦の進むべき道を教えてくれる。

「はあ……っ」

やがて壁のような生け垣に面すると、二階の窓に女の姿が見えた。手前にある鉄の格子は、幼い日の逃亡劇のあとに設けられたもの。その向こうで目もとを拭いながら、かぐや姫のように月を見上げている。織江だ。儚げな仕草はまるで、すでに幽世《かくりよ》の者のよう。

目の前でまたどこかへ消えてしまいそうな気がして、君彦は無我夢中で雨どいをよじ登った。どうか誰も気づかないでくれ。彼女にもう一度逢わせてくれ。一階の窓の庇に上がろうとすると、織江が目を丸くして驚く。

「どうして、あなたがここに」

背後を気にしながら窓を開け、彼女は以前より上手くなった小声でそう問う。

「ゆ……夢？」

「いや、現実のぼくだ。残念ながらね」

「業正さんの納屋にいたんじゃなかったの？　てっきり、あなたは眠っていて私たちが通ったことに気づかなかったんだと……」

「浜にいたんだよ。もともと島を出るつもりだった」

どうして、と問いかけた織江はすぐに語調《ごちょう》を変えた。

「こんなところへ来てはいけないわ。父が怒り狂ってる。普通じゃないの。私があなたに……抱かれたことを知られてしまったから。父に危害を加えられるかもしれない。お願い、今すぐに遠くへ逃げて」

格子を摑んで必死に訴えてくる。織江の表情にはかつてマレビト様のために死にたいと言っていたときの虚ろさはまるでなく、幼い頃と同じ健気さが宿っていた。

――やはりきみは幼いきみのままだ。

こんな状況にありながら、何故他人を思いやれる？

「……逃げないよ。逃げられるわけがないだろう」

いつものようにのらりくらりと上手くかわして本音を誤魔化してしまえばいい。自分の役割は彼女に憎まれることだ。そうとわかっているのに、できそうになかった。

「ぼくがここへ来たのは、他の誰のためでもない。きみのためだ。きみだけの」

溢れてしまいそうだ。十年、どんな想いで見つめてきたのか。どんな葛藤の末に、これほど焦がれるようになったのか。……いや、言ってはならない。今更気持ちを伝えて、ほかの女に声を掛けていたのは全部織江のためだと告げて、何になる？

「私の……ため？」

それでも本音を伝えてしまいたくて、君彦は格子を摑む織江の細い手に自分の手を重ねる。黒目の大きな瞳にじっと見つめ返されて、目が逸らせなくなる。

彼女の瞳の奥は揺れている。わけがわからないといったふうだ。これ以上告げたらいけない。何も知らせないままでいい。

「ぼくがきみをこの島から逃がしてやる。自暴自棄にならず、希望を捨てずにいろ」

「た、助けに来てくれたの？　どうしてあなたが、そんな」

「単なる気まぐれだよ。関係を持った女に目の前で死なれたら寝覚めが悪いだろう」

「でも儀式は明日の朝よ。お父様は、私が純潔でなくても埋める気なの。日が昇るまでもう何時間もないわ」

「儀式……やるつもりなのか。やはりここの連中は腐ってるな」

だが、明日の朝になれば織江が屋敷の外へ出されるというのなら好都合だ。この格子のある部屋に監禁されているよりずっと、攫いやすくなる。

「ぼくはきみの解放に全力を尽くす。絶対に助け出してみせる。だからきみはひたすら足掻くんだ。土壇場になっても諦めるな。いいか、絶対に生きるんだ」

握った手に力を込めると、織江は迷ったようだった。目に涙を溜めて、縋るように格子に一歩体を寄せる。体温がぐっと近くなる。

「わ……たし、生きていて、いいの？」

なんて悲しいことを聞くのだろう。

「生きたいって……思ってもいいの……？」

「ひとりでも生きていくとぼくに宣言しただろう。嘘だったのか？」

「そうじゃないわ……でも『死の病』が。私が予定通り埋められていたら無事だったかもしれない人たちが、どんどん倒れて……お兄様と、お母様まで……っ」

織江がついに流した涙は、頬を緩やかに伝って顎へと流れる。雫になって落ちるさままで美しすぎるから、余計に胸が苦しかった。

自分はなんて無力なのだろう。今に至ってもなお、織江は死の呪縛から抜け出せずにいる。幼かった頃の、あのがむしゃらな生への意欲を取り戻させてやることはできないのか。

「きみの所為じゃない。きみが生きる権利は、誰にも奪えない正当なものだ」

抱き寄せたい衝動に耐えながら短く言う。これ以上慰めてはいけない。情を移してあとから切なくなるのは彼女のほうだ。

なにしろ、君彦はもういつかのように織江の手を引いて逃げてやることができない。業正を裏切って、彼がすべき計画を代わりにすべて実行する。この手は間もなく罪に濡れる。

そしてこの命はこの地で終わる。そう、決めてしまった。

「でも……でもっ」

「自分の生を軽々しく否定するな。少なくとも、ぼくはきみに生きてほしい。いつまでも、幸せに笑っていてほしい。そう願う人間だっているんだ」

「幸せ？　どうして……今になって、そんなこと、言うの」

「何度だって言いかけたよ。本当は、きみを攫ったその日に告げたかった。ぼくはきみを、ただ、もっと笑わせてやりたいだけなんだって……」

驚いたように彼女の瞳が意志を持つ。君彦の目を、探るようにじっと見つめる。言い過ぎたかもしれない。でも、これが最後だ。後押しするように、君彦は告げる。

「きみは生きろ。本島へ行って、この土地で奪われた自由を存分に取り戻せ」

握っていた手を離すと、君彦は格子から体を少し遠ざける。ふたりの間を、潮の香りの風がさあっと通りすぎる。これで本当にお別れだ。どうか、幸せに。

するとすぐさま織江の手が伸びてきて君彦のシャツの肩口を摑んだ。

「……待って！」

そう言った彼女は君彦の目をやはり食い入るように見つめている。その中に、ずっと探していたものをようやく見つけたみたいに。

「あなたの目……私、やっぱり、覚えてる」

「目……？」

「ええ。前にもここで……同じようなことがあったわ」

迷い迷い、記憶を手繰り寄せる彼女を前に、君彦は奇跡を見るような気持ちだった。

「小さい頃よ。あのときは、私がそこに身を乗り出して、靴をあなたに、投げて」

「ああ」

「私のほうから、あなたと行きたいと言ったの。もう会えないなんて嫌で、ふたりだけでどこかへ逃げてしまえたら、どんなに幸せだろうって」

「ああ、そうだったね」

思わず視界が歪みそうになる。彼女の記憶は改ざんされたのではなかったのか。どうして今更、思い出さなくてもいいことを思い出すんだ。

「ごめん。ぼくはもう行くよ」

　これ以上側にいたら、押し殺さなければならない感情が溢れてしまう。どれだけ想っているのか、伝えずにはいられなくなる。そうして踵を返そうとするのに、織江は君彦のシャツを摑んだまま放さない。

「お願い、もう少しだけ……そばにいて。大事なことを、思い出しそうなの」

　彼女はそう懇願して、続けてひとつ、付け足した。

「……おとこ……」

　懐かしい響きで呼ばれたら、もう耐えきれなかった。君彦は格子の穴から両腕を室内へ突っ込み、織江を荒々しく抱き寄せる。強引に後頭部に手をあて、上を向かせる。

「ン……っ」

　そして唇を重ねた。格子の厚みのせいで一度目は深く探ることができなかったが、無我夢中で角度を変えて口づけた。反対の手で彼女の肩をもどかしく抱き、格子越しの体温を噛みしめる。

「……織江……ッ」

　きみが好きだ。きみより大切なものなんてない。君彦は胸の中で何度も呟いた。

　織江がいるから、失格者となったあともこの島に留まり続けた。どんなに醜いものを見るような目で見られても、彼女と目が合えば幸せだった。織江がこの世に生き続けてくれるだけで、君彦は未来に夢を見られるような気がした。

「君彦、さ……」

はあっと切なげな息を吐いた織江の頬は上気している。息苦しいのだろう。わかっていても自分を止められない。舌を絡めて吸い出して、柔らかな感触を貪る。唇と唇の間に液が糸を引けば、それさえ舐め取って執拗に口づけ続けた。

「んぅ……っ、待っ、て」

「待てない」

「でも、苦し……ッんん……」

本当はずっと、こんなふうに素直に情熱をぶつけたかった。汚すのでも穢すのでもなく、ただ愛するためだけに彼女を抱きしめたかったのだ。

眼下ではざわざわと木々が騒いで織江の吐息を掻き消している。ふたりの逢瀬を見届けているのは、空に浮かぶ月だけだ。応えるように彼女の手が君彦の背中に添えられると、もう、この世に未練なんてひとつもなかった。

＊

君彦が去っても、織江は格子を摑んだまま動けずにいた。唇には口づけの感触が残っている。ちりちりと熱く、残り火のように。

――夢かと思った。

もう一度逢いたいと願った瞬間に、まさにその人が現れるなんて。しかも彼は織江を助け出すつもりでいる。もう諦めかけていたのに生きろと力強く言われて、胸が熱くならないわけがなかった。

（おとこ……）

自分はかつて、君彦をそう呼んでいた。その過去を断片的に思い出した。父親からどんなに念入りに刷り込みをされても失われずに、胸の奥に丁寧にしまわれていたのだ。それは箱からこぼれ出て、ひとさじの明るいインクのように目の前の世界に色をつけた。

どうして忘れていられたのだろう。裏庭で出逢った優しい少年のことを。逢うたびに見知らぬ世界の欠片を見せてくれて、あやすように抱きしめてくれた人のことを。酷く犯された理由も、自分を生かすためだと思えば嫌悪感なんて消えてしまう。だって、助けに来てくれた。あのときと同じように、彼は織江の前に夢のように現れた。

生きていくなら君彦と一緒がいい。やはりこの感情は偽れない。愚かだろうと、彼が別の人を選ぼうと、惹かれる気持ちは止められない。

（この恋のために、私にできること）

織江は振り返って、学習机の抽斗《ひきだし》を開ける。取り出したのは、鉛筆を削るための小刀だ。武器としては頼りないが、いざというときの助けにはなるだろう。そっと袂に忍ばせ、着物の上から握りしめる。沐浴後には別の着物に着替えてしまうから、これを使えるのは沐浴の直前まで。うまく逃げられるといいのだが。

東の空に視線をやると、水平線のあたりから空が白み始めているのが見えた。

あと三十分もすれば夜が明ける。そのとき、ここにいるのは求められた役割を粛々とこなす今までの戌井織江ではない。生きるために足掻く、ひとりの女だ。

決意を秘めた胸に手をあて、織江は深呼吸する。明け方、海は昨日の荒れ模様が嘘のように、とても静かに凪いでいた。


「参るぞ、織江」

しかし朝日が昇ると、待ち受けていたのは予想外の状況だった。

部屋に織江を迎えに来たのはお手伝いの美津子ではなく、業正の島にいたはずの叔父だったのだ。筋肉質な肩からは猟銃が下げられていて、雰囲気がものものしい。右腕を摑まれそうになって、織江は叔父の手を振り払った。

「お待ちください。沐浴は神聖な儀式、介添人は全員が女性のはずです」

「神聖？　純潔でもない娘が何を言う。それとも、何も知らない使用人たちにひけらかしたいのか。男の情欲の痕が残った、その体を」

耳元でそう囁かれ、織江はかっと頬を赤くした。話したのは父に違いない。だが叔父の言うとおり、使用人たちに沐浴の介添えをさせれば、首もとに散った口づけの痕を目撃されてしまう。それは戌井家の恥を気にする父にとって何より避けたいことだろう。

「今回の沐浴の供は俺だ。文句は言わせない。それに万が一、あの小僧がまたおまえを攫いにやってこないとも限らないからな」

結局、抵抗する隙も与えられず織江は清流まで連れて行かれた。滔々《とうとう》と流れる冷たい水で体を清め、ひとりで死に装束に着替える。

幸いだったのは、叔父が周囲を気にして織江から注意を逸らしていた点だ。おかげで元の着物の袂から小刀を取り出し、胸元に忍ばせることができた。

（反撃の機会が巡ってくるのを待つしかないわ）

直後に、輿が川べりへと降りてくる。いつかの夜のように織江は正座してその上に乗せられ、前後を男に担がれた。横を歩いているのは祭司ではなく、叔父と父だ。左右をふたりに挟まれては織江に逃げ場はなかった。

「急げ。誰にも邪魔されぬうちに、この娘に『箱』を抱かせて埋めるんだ」

叔父が輿の担ぎ手を急かす。

一行は早足で進み、やがてマレビト様の祠へと辿り着いた。石の灯籠《とうろう》にはおごそかに火が灯され、装束姿の祭司――君彦の弟が一礼して迎える。

彼の前に掘られた穴は織江の身長の二倍はあろうかという深さで、背筋がぞっとした。

「どうぞ、これを」

輿から降ろされたところで、祭司からうやうやしく『箱』を差し出される。

硯と筆を収める文箱ほどの大きさに、黒い漆塗り。禍々しい謂《い》われがある割にそれは美しく、精緻な螺鈿で飾られていた。千年以上も前から地中に埋められていたとは思えないほど状態が良く、それがまた、異様な雰囲気に拍車をかけている。

これがマレビト様の遺した『死の病』の根源——。

「それを抱えて、早く穴に入れ」

父に促され、織江はじりりと後退した。穴を回り込むように、周囲から少し距離をとる。

「い……嫌です」

自分の役割を拒否したのは、これが初めてだ。しかし後ろめたくは思わなかった。

「私は……私はこんなところで死にたくありません。もっと生きたいんです！」

そして君彦が言ったように自由になって、これまで見たこともない世界を見たい。生きていることに幸せを感じて笑ってみたい。

「自分が何を言っているのかわかっているのか」

すると父は嫌悪感たっぷりに眉根を寄せ、織江がせっかく設けた距離を詰めてしまう。

「十八を迎えるまで何不自由なく生活させてやったはずだ。体の弱いおまえを育てるのに、家族がどれだけ苦労したか」

「申し訳ありません。でもっ……」

「言い訳など聞きたくない。おまえは親より男を選ぶのだな。この、親不孝者め」

「そんなこと！　私はただ」

「どんな申し開きをしようが結果は同じこと。やはり他人は他人、血の繋がりのない子供などこんなものか」

織江は耳を疑った。血の繋がりがない。それは父と織江に限ったことだろうか。それとも織江が戌井家の人間ではないという意味だろうか。まさか、その所為で自分は生贄にされる予定になっていたの？

「ご、ご冗談ですよね」

どくどくと脈が音を立てる。全部嘘だよと、以前のように優しく否定してほしかった。

「実の娘を、好きこのんで土中に生き埋めにしようと考える父親などいない」

「じゃあ、お兄様や典子ちゃんは」

「あのふたりは私と妻の子だ。もらってきたのはおまえだけ。妻もすべて知っている。いずれ生贄になるとわかっていて、おまえを実の娘のように育ててきたんだ」

信じていた現実が音を立てて崩れてゆく。もらってきた……自分は戌井家の血を引く娘ではなかった。兄や妹も他人だった。実の娘のように、とは言うが、本当にそのように思っていたら生贄になど差し出さないだろう。母はきっと、兄と妹のふたりと織江では胸の内で線引きをして接してきたはずだ。腹を痛めて産んだ可愛い我が子と、血の繋がりのないいずれ死ぬ子として。

ああ、それで君彦はあんなふうに言ったのかと、ようやく得心がいった。

きみは一番疑いたくない人間を一度疑ってみるべきだ——本当にそうだった。

「どうしてそこまでして、戌井家から生贄を出そうとなさるんです。そんなに島民から敬われたいのですか。立派な当主を演じたいのですか！」

声を荒らげる織江に、父は憐れみを含んだ顔で笑う。

「おまえは本当に無知でいい子だよ、織江。知りたいのなら冥土の土産に教えてやろう。当家が他人の子をもらってまで律儀に生贄を差し出してきたのは、賞賛されたいからではない。罪滅ぼしのためだ」

「罪滅ぼし……？」

「我が戌井の祖はかつてマレビト様が大金を持っていると気づき、強奪を率先して行った人間。つまりマレビト様殺害の首謀者なのだよ。ゆえに、当家から生贄を出すべしという家訓が代々受け継がれている。島民は……すでに過去の過ちの首謀者など忘れてしまったようで、勝手に崇めてくれるがな」

体が芯まで冷えてゆく。マレビト様に恋していると思い込んでいたときの自分なら、怒り狂って父に飛びかかっていただろう。マレビト様の殺害を計画したのが戌井の祖。そんなこと考えてもみなかった。

「じゃあ……私以前の生贄は、みんな戌井の血筋だったのですか。それともこれまでも全員、もらわれた子供……？」

「それが伝統でな」

何が罪滅ぼしか。よその子をさも自分の子のように差し出して体裁を取り繕い続けてきたくせに。だからこそ、マレビト様の呪いはいつまでも解けないのではないか――。

「さあ、織江。箱を抱くんだ」

催促したのは叔父だった。彼は父より後方にいて織江からの距離はあるが、銃に弾を込めている。脚でも撃ち抜かれたら最後、自力では逃げ出せなくなる。

（どうしたらいいの）

窮して織江は胸元に手をやった。こんな小刀ひとつでは対抗できない。かといってこのまま、何の反撃もせずに彼らの言いなりになるのは嫌だ。

「早くやれ！」

すると、銃口は祭司にも向けられた。彼は慌てて織江に『箱』を押し付け、体を屈めて祠の裏へ逃げ込んでしまう。叔父は……いや、きっと父も、目的を速やかに遂行するためならどんな犠牲も厭わないつもりなのだ。

——戌井家は根本から狂ってるわ。

押し付けられた『箱』を抱えると、パンッと炸裂音がして織江の体の右に木屑が舞った。猟銃の弾が木の幹をかすめ、樹皮が割れて飛び散ったようだ。本気で撃つつもりなのだと察し、凍りつかずにはいられなかった。

「穴に入らぬのなら次は体を撃つ。痛い思いをせずに死にたいのなら観念して穴に入れ」

再び弾を込めながら言われて、織江はゆるゆるとかぶりを振る。観念なんてしない。最後まで足掻くと君彦とも約束したのだ。

「嫌です」

「そんなに撃たれたいのか」

「撃つなら……この『箱』を盾にします。これが破壊されれば身の破滅でしょう!?」

窮して『箱』を体の前に翳《かざ》したが、叔父は怯まなかった。

「そこまで射撃の腕は悪くない。逃げ惑うウサギだって正確に撃ち抜ける」

これ以上、どうやって抵抗したらいいというのだろう。争う術をなくして、織江は林の中に君彦の気配を探す。今すぐに助けにきてほしかった。

もう、自分には手立てがない。このままでは逃げきれない。

——お願い。どこにいるの、君彦さん……!

するとタイミング良く、けもの道をやってくる人影が見えた。シャツにズボン。人相まではわからないが、君彦のような気がする。もし違っても、賭ける価値はある。織江は勇気を振りしぼり、林の中へと飛び込んだ。

「待てっ、織江……!」

茂った木々の間に駆け込むと、叔父がそう叫ぶのが聞こえる。直後に争うような数人の男の声がして、銃声が続く。思わず足が竦んだが立ち止まってはいられない。

——君彦さん!

人影がある方向を目指し、織江は輿に乗って来た道をひたすら逆走する。あれが本当に君彦なら、せめて彼のところまで自力で辿り着きたかった。しかし織江には体力もなければ、方向感覚もない。見えたはずの人の姿は、あっという間に見失ってしまった。

できることなら脇道にでも一旦逃げ込みたい。だが林はまるで迷路のようで、迷い込んだら最後、呑み込まれてしまいそうな気がする。

（君彦さん、君彦さんっ……）

胸の中で何度も彼の名を呼びながら走り続ける。息が苦しくてたまらないけれど、彼の胸に飛び込むためなら耐えられると思った。

するとパンッ、と背後から容赦ない発砲音が響いて近くの木々が揺れる。銃が旧式ではなく弾を込める手間さえなかったら、とうに撃ち抜かれていただろう。怖い。とはいえ足を止めるわけにはいかない。そこで右前方の木の幹に銃弾が当たって、繊維が弾けた。織江は咄嗟に、破片から身を守るように身を屈める。そのときだ。

「織江」

草むらの中から小さく呼ばれたかと思ったら、右手を何者かに摑まれる。

「きゃ……!!」

木々の中に引っ張り込まれたのも束の間、織江の体は弾力のあるものに受け止められていた。顔を上げると、そこにあったのはほっとしたような君彦の顔だった。

「無事で良かった」

「き、君彦さん」

「遅くなってすまない。下準備に予想以上の手間がかかってしまった」

彼の左手には何故だか松明が握られている。太い木の枝の先でパチパチと燃え盛る火は、肌を焦がしそうなほどの熱気を発し、細かな火の粉を散らしている。

しかし夜ではないのだから灯りは必要ないはずだ。こんなものを持って下準備とは一体。聞きたいことはたくさんあったが、織江はまず衝動のままに君彦の首に抱きついた。

「逢いたかった……っ」

両腕にぎゅっと力を込めると、心の底から安心した。以前にもこんなことがあったような気がするのは、錯覚ではないはずだ。

「……さんざん酷いことをされたというのに、きみの反応は小さい頃と同じだね」

「え?」

「いや。今はひとまず、警戒したほうがよさそうだ」

そう言った君彦は織江を抱きしめたまま体を翻す。素早く太い木の幹に体を隠したところで、林の中にまた銃声が響いて織江は青ざめた。

「陣宮司君彦……また貴様か」

低くくぐもった声とともに足音が近づいてくる。叔父だ。少し遅れて父と輿の担ぎ手たちもやってくる気配がする。挟み込むつもりだろうか。

「二度ならず三度までも織江を攫おうとは。一度目に葬っておくべきだったか」

万事休すだと織江は震えたが、君彦には余裕があるようだった。織江を胸に抱いたまま、肩を揺らしてくつくつと笑う。

「ぼくもそう思いますね。ただ、回数については異論がありますが。一度目と二度目は確かに攫うのが目的でしたが、今回は違う」

「ほう。観念して織江を置いていくか」

「いや。今回は攫いに来たわけじゃない、取り返しに来たんだ」

濃い色気のある目がわずかに細められる。絶対的危機にあっても彼の妖艶さは少しも薄れない。緊張しながらその表情を見上げていると、視界に鈍い色の金属の筒が現れた。銃口だ。木の幹を回り込んだ叔父が、猟銃の先を君彦の右のこめかみにあてがったのだ。

「言いたいことはそれだけか？　お喋りに満足したら織江をこちらに渡して冥土へ行け」

右手で猟銃を構える姿には冷酷さが滲み出ている。きっと、君彦に対しては急所だって外さない。やめてと叫んで君彦を庇おうとすると、遠くから別の叫び声が聞こえた。

織江が引き返していた道の先からだ。悲鳴はぐんぐん近づいてくる。君彦以外の全員がそちらに視線をやり、愕然とした。駆けてくるのが戌井家の使用人たちだったからだ。

そして彼らを追うように押し寄せてくるのは火の海――。

「……ぼくとしては、そろそろ一斉に浜辺へ逃げるのが得策だと思うけどな」

海の方へ向かって松明をゆらりと振った君彦は、やはり笑っている。愉快そうな笑みだ。まさか、火を放ったのは彼なのでは。

炎の所為でより濃い影が落ちた彼の顔は、その暗さに突き抜けた快感を伴っているふうでぞくぞくさせられる。君彦が時折見せるこの表情は、とても薄い刃物の先のようだ。危うくて怖いのに目が逸らせないほど綺麗だと、織江は頭の片隅で思った。

君彦に手を引かれて走り、真っ白な砂浜に辿り着く。その先に広がるのは、火の海から逃げてきたことを忘れさせるほど爽やかなコバルトブルーの大海原。空の濃い青とあいまって、深さをより感じさせる。

――見覚えがある。

真っ先にそう思った。失われていた正しい記憶が箱の中からつらつらと溢れ出てくる。

そうだ。幼い日の織江はこの場所を間近に見ながら辿り着けなかった。それでも自らの足で、君彦とふたり一緒にこの景色を眺められたことは嬉しかった。最高の思い出の場所……のはずだった。

「こっちだ」

大きな岩の裏には一艘の手漕ぎ舟が用意されている。君彦は松明を投げ捨てると、織江を抱えてそこに乗せる。そして舟を海に向かって押しながら、早口で言う。

「この舟を漕いで、きみは自力で業正のいる島へ戻れ。島を左に回り込んで、最初に見える島だ。さほど距離はない。細腕では大変だろうが死ぬ気で漕ぐんだ。いいね？」

「ち、ちょっと待って。自力で戻れって……あなたはどうするの」

「ぼくはまだやることがある。業正に会ったら、おまえのやりたかったことはすべてぼくが済ませたと伝えてほしい。それで、全部の片が付く」

「やりたかったこと？　意味がわからないわ」

織江が舟から身を乗り出そうとすると、パアンッと銃声が砂浜にこだました。織江を庇うように覆い被さった君彦が、直後に唸る。慌てて彼の体を探って、血の気が引く。

君彦の左肩、胸に近い部分が銃弾に貫かれている。

「いやっ……君彦さん！」

織江は君彦の体を舟に引き上げて守ろうとしたが、君彦自身がその腕を払いのけた。

猟銃を構えた叔父が迫る。今にも波にさらわれそうな舟の上で、織江は動けない。

「……撃てよ。殺したければ殺せばいい」

君彦がそう言って叔父を睨み、挑発するから生きた心地がしなかった。

「三度も彼女を連れ去ったぼくが憎いんだろう？」

「ほう、潔いな。言っておくが脅しじゃないぞ。なにせ俺はおまえの両親から許可をもらっている。おまえがこれ以上神聖な儀式を邪魔するなら、陣宮司家の面汚《つらよご》しとして葬ってもかまわないと」

非情な宣告を聞いて、織江は呼吸さえうまくできなくなる。戌井家だけではない。君彦の両親までもが、家族をあっさりと切り捨ててしまえる。そういう島なのだ、ここは。それこそがマレビト様の遺した呪いではないのか――。

ははは、と乾いた笑いを漏らして君彦は体ごと叔父を振り返る。

「ありがたい言葉だね。おかげでぼくは躊躇なくこの島を滅ぼせる」

そして銃口に自分の胸を押し付けるようにして、一歩前に出た。

「こちらこそ言っておくが、ぼくはただじゃ死なない。最初のマレビトより残忍な、第二のマレビトになるつもりだ」

　鬼気迫るその表情は、織江の記憶の中にあってどうしても顔を思い浮かべられないマレビト様のイメージとぴったり重なった。死にゆく娘を抱きしめて呪詛を叫ぶ彼は、きっとこんな表情をしていただろう。

「この島を呪ってやる。知ってるだろう？　ぼくは祭司の家系だ。呪術に通じる血統なんだよ。あんただけじゃない。島民の全員を必ず呪い殺してやる。『死の病』よりずっと苦しむ方法で殺してやる……！」

　肝の据わった振る舞いに圧されて、居合わせた島民は父を含めて誰も織江に手を出そうとはしなかった。輿の担ぎ手も、君彦の実弟もだ。

　凍りついている織江の足元がゆらと揺れる。波に流されて、舟が沖へと攫われてゆく。

「くそっ、織江！」

　叔父は舟を捕まえようと体の方向を変えたが、君彦がそれ以上の身動きを許さなかった。

「あんたの相手はぼくだ。目を逸らすなよ」

「そこを退け。用があるのはあの娘だ！」

「だったらぼくを撃てばいいだろう。死んだって織江に手は出させないが」

　どうしたらいいのか、咄嗟にはわからなかった。身を挺して自分を逃がそうとしている彼の決意を思うと、引き返すのは選んではならない選択肢だと思う。だが、遠ざかる君彦

の背を見つめていると、心が引きちぎられそうになる。

まだ、伝えていない。あなたが誰を想っていようと、私はあなたを想っていること。

「織江は……ぼくのすべてだ。十年前から、ずっと」

君彦がそう宣言すると、叔父が腹を決めたように銃を構えた。君彦の心臓に狙いを定め、引き金に指をかけようとする。

「イヤぁ、だめぇ……っ!!」

刹那、織江は無意識のうちに舟を下りて波をかき分けていた。理屈より先に体が動いた。たとえ彼の意志に反してこの場所でともに果てようがかまわない。ただ離れたくない。

「――死ね」

冷淡な叔父の声が聞こえたのは、君彦の背中まであと一歩というときだ。

間を置かずして容赦ない発砲音が数発浜に上がる。頬に生暖かい飛沫がかかったが、海水でないことは飛んできた方向からも明らかだった。それを手の甲で拭い、真っ赤であることに気づき、織江の喉はひゅっと鳴る。

うそだ。だって、まだ、一番大切なことを伝えていない。

「き……君彦さんっ……きみひこさん!!」

縋るように背中から抱きついて、彼の体を揺さぶる。どうして一瞬だって離れてしまったのだろう。彼が何を考えていても関係ない。君彦さえこの世に生きていてくれるなら、それが織江の生きる力になるのに。

「どうして……っ」

　織江は君彦の胸にまわした腕に強く力を込める。みねという人がいながら、どうして自分のために命を張ってくれたのか。呪うなんて悪役めいた言い方をしていたが、織江には君彦が正義にしか思えない。そうして彼の体が倒れ込んでくるだろうとかまえたが、心臓を撃ち抜かれたはずの青年の体はよろめきもしなかった。

　代わりに崩れ落ちたのは叔父だ。右の脇腹から鮮血が溢れ出している。

「……え」

　一体何が起きたのだろう。君彦が撃たれたのではなかったのか。息を呑む織江を左腕で抱き寄せ、君彦は真っ直ぐに前を見ていた。彼の視線を辿って、織江は瞠目する。

　そこには隣の島にいるはずの業正が立っていたのだ。

「よう、君彦。それで俺を出し抜いたつもりか？」

「業正……」

「最後、けじめをつけるのは俺の仕事だ。この大仕事にだけは誰にも介入《かいにゅう》させない。そういう約束で、俺はおまえに全財産と今後住む場所を譲ったはずだったんだが」

　彼の右肩からは、軍が使用するような銃身の長い機関銃がさがっている。叔父の猟銃よりずっと新しいものだ。銃口から淡い煙が上がっているのを見て、彼が叔父を撃ったのだと推察できた。

　浜辺に面した林は、今やごうごうと嵐のような音を立てて全体が炎に包まれている。見上げれば戌井家の屋敷だけでなく、町の方角からも黒煙が上がっていた。島の反対側にある港のほうからもだ。もはや島中が火の海に違いない。

「……まあいい。最も葬りたい人間が、ふたり揃っているのは都合がいい」

そう言った業正は機関銃に右手をかける。構えたと思ったらドドッと連続して弾を発射した音がした。砂浜に倒れ込んだのは織江の父で、右足に被弾したようだった。

「貴様……ッ、なにを、突然」

唸る父の側まで業正はゆっくりと歩いて行き、仄暗い笑みを浮かべる。

「おまえは俺の顔なんて知らねえだろうな。だが、俺はおまえが首謀者だってことを知ってる。十八年前から、早くなぶり殺しにしたくてたまらなかったよ」

「何者……だ」

「わからないか。俺は……おまえの弟が本島で殺した女の夫だ」

波打ち際に倒れていた叔父がはっとしたように業正を振り返る。織江も思わず口もとに右手を添えた。業正の妻を殺したのが叔父。その首謀者が父。一体何故。

業正は苦痛に歪む父と叔父の顔を交互に眺めながら言う。

「あの日はよく晴れた日だった。妻は友人宅を訪ねると言って生後半年の娘を抱いて出掛けた。そこに現れたのが出刃包丁を持った男だ」

よほど詳しく調べたのか、業正の言葉はまるでそのときの出来事を見てきたようだった。

「怖かっただろうに、妻は抵抗したらしい。我が子を守ろうと、必死でな。そこで実行犯は苦し紛れに妻に刃を突き立て、黙らせてから泣き叫ぶ娘を連れ去った。首謀者の目的が、その年に生まれた娘を手に入れることだったからだ」

　父の顔が凍りつく。織江は口もとに添えていた右手をゆるゆると下ろした。十八年前に生まれた女児。首謀者が父。ということは、まさか。

「妻はそのときに負った怪我が原因で、半年後に亡くなったよ。俺の気持ちがわかるか？　おまえらは俺から家族を奪った。妻を殺し、幼い娘を攫ったんだ」

　恨みのこもった言い分を聞きながら、織江は信じがたい気持ちで君彦を見上げる。業正の娘というのは……つまり殺された彼の妻というのは……。そんな想像を肯定するように、君彦は気まずそうに目を逸らしたまま、こちらを見てくれない。

「対面したら聞こうと思っていた。何故妻だった？　何故娘だったんだ？　条件に合えば誰でも良かったってのはナシだぞ。俺にとって妻はたまたま見つけただけの、条件に合った女じゃなかった。娘だってそうだ。他の誰にも代わりなんてきかない、たったひとりの存在だった！　それなのにおまえらは……奪っただけでは飽き足らず、娘に別の名前をつけ、生贄にして自分たちの命を守る道具にしようとした！」

　仇《かたき》の襟首を摑み、激しく揺さぶる業正は痛ましい。怒りをぶつけながらも、また新たに傷ついていっているようだ。

　織江はまだ信じられない気持ちだった。業正が自分の、本物の父親。だが、思い返してみればいくつか引っ掛かる点はあった。

業正は織江を一度として『織江』とは呼ばなかった。いつも『お嬢ちゃん』とだけ。そして叔父に対しても、この島に織江などという娘はいないとはっきり告げていた。

あれは織江が、本当は織江という名前ではないと知っていたからなのでは——。

「やめろ、業正！」

止めに入ったのは君彦だった。見れば、業正の右手が銃の引き金にかけられている。

「全員、ぼくが葬る。手を汚すのはぼくだけでいい。あんたは罪を犯すな」

「……今更、考えは変えられないと何度も言ったはずだ。俺は十八年間、こいつらを殺すためだけに生きてきた。でなければとっくに妻のあとを追っていたさ」

「あんたには織江がいる。愛する人の忘れ形見だろう。ふたりで生きるべきだ！」

君彦は業正から銃を取り上げ、自分の右肩から下げようとする。それを奪いかえし、業正は君彦を織江のいるほうへ追いやる。

「十八にもなれば、親が子にしてやれることなんてたかが知れている。それ以上に、今後俺はあっという間に老いてお荷物になるだろう。だから娘はおまえに託した。この先、俺より長く生き、俺よりその子を深く愛し、俺よりずっと幸せにしてやれる、おまえに」

ふたりの言い争いを聞くのは初めてではない。君彦は何度も業正を説得しようとしていた。あれはこういう意味だったのだ。君彦は、織江が本物の家族とともに生きていけるように考えてくれていた。どんなに酷く織江を抱いた直後でも。

「行け。当初の計画通りに」

突き放す業正に、君彦はかぶりを振って食らいつく。

「あんたは間違えてる。やっと再会できた娘じゃないか。それなのに見捨てるのか⁉」

「再会が目的ならもっと昔に果たしただろうよ。俺がしたかったのは復讐だ。皆殺しだ。俺には生きることが苦痛なんだ。死にたいんだ。全員殺して、死なずにはいられないんだ！」

何度も自分を戒めようとしたさ。だができなかった。おまえだって知っているだろう。

そう言って彼は左手首の薄汚れた布を取り去る。その下から現れた皮膚には、幾度も繰り返し刃物で斬りつけた痕があった。痛々しい自傷の痕だ。

死にたい……彼の訴えは漠然とした憧れではなく、衝動そのものにほかならない。以前織江が口にした願望よりはるかに重く、真に迫るものがあった。

いかに自分が軽々しく死を望んでいたのかを、改めて思い知らされている気分だった。業正が望むのは滅亡と無だ。それこそが本物の死。織江はありえない夢の世界に憧れていただけだった。死の先にあると信じていた、命の続きが欲しかっただけ。生きていなければ、命に続きなどあるはずがないのに。

すると、突然左の足首を何者かに摑まれて織江は声を上げる。

「きゃあ、っ」

その場に引き倒され、あっという間に馬乗りにされた。凶行の犯人は波打ち際に倒れ、悶えていたはずの叔父だ。首に両手をかけられ、ぐっと圧迫される。

「油断したのが運のツキだったな。おまえだけは……逃がさない。死なせるために攫ったおまえが生き延びて、生き延びるはずだった我らが滅びるなど……そんな馬鹿馬鹿しいことがあってたまるかッ」

波が押し寄せてきて、耳元でごぽっと音を立てる。理不尽な理屈を押し付けてくる男の体は、やはり理不尽なほど重く、屈強で、ばたつく織江を逃がそうとはしない。

——嫌よ。死にたくない。

無我夢中で織江は胸元を探り、小刀を取り出して叔父の腕に突き立てる。こんな奴らに人生を狂わされっぱなしで、一度も反撃をせずに終わりたくない。

(私は生きたい)

左腕を小刀で刺され、叔父は一瞬、不快そうに眉をひそめる。だが、大した反撃にはならなかったらしい。何事もなかったように両手に力を込められ、息が吸えなくなる。

そのときだ。

銃が連射される音が響き渡ったのは。

「だめだ、やめろ……っ!!」

重なるように、制止しようとする君彦の声が聞こえた。そして叔父が上げた言葉にならない呻きの断片も。ふっと喉の圧迫が消え、織江の上にあった男の体が右に揺らぐ。引力に逆らうことなく、砂の上に崩れ落ちてゆく。

叔父は、それきり動かなくなった。

「……っあ……」

安堵したと同時に恐ろしくなって、織江はゆっくりと上体を起こす。そこに見たのはうなだれる君彦と、硝煙を上げる銃を構えた業正だ。何が起こったのか、考えずともわかった。

業正は踏み出してしまったのだ。決して引き返せない一歩を。

「分かったら行け。俺が乗ってきたエンジン付きの舟が一艘、岩場に泊まってる」

そう言った業正は、銃口を君彦に向けた。行かなければ撃つと脅しているのだ。本気ではないだろうが、その目には落ち着いた覚悟が宿っている。君彦ももはや、これ以上粘ることはできないようだった。

業正に背を向けると、波打ち際に座り込んでいた織江を立たせ、岩場へと促す。

「行こう」

「あの、待って」

織江はすぐに立ち止まって訴えた。

「業正さんはどうなるの。彼はここに残って、どうするつもりなの」

「いいから、来るんだ。きみは自分が生きることだけを考えていればいい」

「そんなこと、今更できない！　だってあの人は、私の本当の父親よ。そうなんでしょ」

君彦の左腕を掴んで揺さぶろうとすると、その腕はぶらりと力なく揺れた。白い砂浜にぱたぱたと鮮血が落ちて、織江は気づく。君彦の顔が青い。叔父に撃たれた左腕の付け根からの出血が止まらないのだ。このままではあっという間に限界がやってくる。

織江は咄嗟に振り返って業正を見つめる。

「お願い……一緒に来て。罪人でもいいから、私と一緒に本島で暮らしましょう」

涙声で願い出たが、業正は動かない。ただ、銃口を下ろしてふっきれたように笑う。

「ねえ、お願いだから……おとうさま！」

これ以上、彼に罪を重ねてほしくなかった。だが、まるで彼岸の人に声を掛けているようだ。一方通行で、あちらからの声は聞こえない。

（どうして何も応えてくれないの）

もどかしさに引き返そうとする織江を急かし、君彦は無理矢理に歩かせる。そのとき業正の唇がわずかに動いたが、何を言われたのかはわからなかった。だからこそ、無性に切ない気持ちが込み上げてきて止まらなかった。せっかく再会できたのに、またお別れだなんて。

こんなに近くにいたのに、どうして気づけなかったのだろう。彼と血の繋がりがあることも、彼がどれだけ苦しんでいるのかも。

「いやよ……こんなのはイヤ！　おとうさま、おとうさまあっ!!」

織江は業正に駆け寄ろうとしたが、君彦が許さなかった。強引に舟に乗せられ、逃げ出せないように押さえつけられてしまう。もがきながら伸ばした手は、当然ながら業正には届かない。あっという間にエンジンがかかり、舟はスピードを出して沖に向かう。

体が自由になったときには、すでに業正の表情が判別できないほど遠くまで来ていた。

器用に片手で舵を操作しながら、君彦は言う。

「だから言ったんだ」

諦めたような台詞には、割り切れない感情が滲んでいるようだった。

「ぼくを憎めと。ぼくはまだ、もっときみを傷つける。本当の絶望は、これからだと」

生ぬるい潮風が吹きつけて、海水に濡れた死に装束を急激に冷やしていく。身震いしながらも、織江は遠ざかる島を呆然と眺めていた。目を逸らせなかった。

十八年間、育った島。偽りで塗り固められた小さな社会。のろしのようにあちこちから上がる大火の煙は、島が見えなくなってからも高くたなびいていた。

7章

「——おいっ、怪我人がいるぞ！」

いつ本島に辿り着いたのか、織江には記憶がない。気づけば舟の周囲に人だかりができていて、漁師ふうの男たちにぐったりした君彦が運び出されるところだった。

待って、どこへ連れて行くの。私たちを引き離さないで。そう叫びたくても声にならない。どうやら織江は足の怪我が化膿《かのう》して高熱を出していたらしい……と聞いたのは三日後の朝で、織江は横須賀にある自転車屋の二階に保護されていた。診療所へ運ばれたものの身元のわからない織江を、自転車屋の夫婦が一時的に預かってくれたのだ。

「あの、私と一緒にいた男性はどこですか。無事なんでしょうか」

意識が戻って真っ先にそれを尋ねると、自転車屋の主人の顔が渋くなる。

「……綺麗な顔をした兄ちゃんなら、申し訳ないが行方不明だよ」

「行方不明……？」

「ああ。お嬢さんと比べて兄ちゃんは怪我の程度が酷かったもんで、診療所より大きな病院に運ばれたんだ。だが、怪我が治ったと思ったら消えちまった。噂じゃ、警官が訪ねて行った直後にいなくなったとか。なあ、おまえたち、何があったんだ？」

聞かれても答えるわけにはいかなかった。業正が犯した罪が頭をよぎったこともあるが、島があのあとどうなったのか、島民たちが無事でいるのか、見当もつかなかったからだ。織江たちが島を出たとき、炎があちこちから上がっていた。あれは……やはり君彦が放ったものだったのだろう。だから警官が訪ねて行ったのだ。

自転車屋の主人は事情があると踏んだのか、それ以上織江を追及しなかった。それどころか近所の人たちに『親戚の娘だ』と紹介し、過ごしやすいように取り計らってくれた。

島の状態を知ったのは、それからまた数日が経過したあとだ。

自転車屋の店先から風に乗って流れてくるラジオのニュースに、織江は震撼《しんかん》した。横須賀沖に浮かぶ小島の島民は全員死亡――多くが炎に呑まれ、辛くも逃げ延びた人間は射殺――船をすべて沈めて逃げ道を奪ったうえで、ほうぼうに放火するという残虐的犯行――犯人はいずこに。

つまり織江の偽の父も、母も、兄も、妹も、使用人の美津子に至るまでが命を落とし、生存者はいなかったのだ。兄と母は焼死、妹と父と美津子は失血死らしい。

ラジオの声は狂った殺人犯の凶行だと囃《はや》し立てていたが、その罪に深く関わったふたりの人物を織江は知っている。そのうちのひとりが島内で命を絶っているだろうことも。

やがて熱が引いて起き上がれるようになると、織江はすぐさま君彦の行方を捜した。病院の周辺を訪ねてまわり、最寄り駅での聞き込みもした。彼が身をひそめていそうな場所を見つけると、自ら足を運んで自分の目で彼がいないかを確かめた。けれど、君彦はいっこうに見つからなかった。

(どうして……何も言わずに消えてしまったの)

もしや織江まで警察に疑われたりしないよう、一言も告げずに姿を消してしまったのだろうか。でなければ、業正を置いて織江だけを連れて逃げたことを申し訳なく思っているから顔を合わせられないのか。

——生きたいと、強く願ったけれど。

ひとりぼっちになってしまうなんて思いもしなかった。死ぬはずだった自分が生き残って、続くはずだった人々の営みがすっかり途絶えてしまうなんて。

確かに、生贄を当たり前に捧げる彼らは間違えていたかもしれない。父や叔父に至っては救いようなどなかったと織江も思う。だが、それにしたって、死をもってしか幕引きできなかったのだろうかと考えずにはいられない。

(君彦さん、どこにいるの)

彼に逢いたい。こんな孤独にはもう耐えられない。だが、亡くなった人々のことを思うと彼の捜索にも迷いが生じた。

会ってどうするのだろう。あの日のことを一緒に悔いて、孤独を分かち合うのだろうか。

でなければすべてを忘れてともに前を向いて生きていこうと……？　いや、それはできない。彼には放火の罪がある。顔を合わせたらきっと、後悔や罪の意識が次々と湧き上がって止められなくなる。

君彦からの手紙が届いたのは、そんな折だ。

本島へやってきて、およそひと月後のことだった。

＊

「あの、では行ってきます」

「おお、気をつけて行っておいで、織江ちゃん」

自転車屋の夫婦に見送られ、織江は駅へと続く道を急ぐ。

軍服の男性が行き交う横須賀の街は活気に満ちている。海へ向かえば造船所《ぞうせんじょ》を前身とした海軍の施設があり、帝都と比べると人の動きが幾分忙しない。皆、迷いなく目的の場所へ向かい、為すべきことを為している印象が強いからだろう。

（……いい天気）

からりと晴れた空を見上げると、織江の足元で青いワンピースの裾が揺れた。

靴屋の軒先のラジオから、アナウンサーの声が漏れ聞こえている。内容は、かつて織江が住んでいた島が海軍の軍事拠点として利用されることになったというニュースだ。

一週間前に君彦から届いた手紙には、東京駅までの電車の切符が添えられていた。どうやら彼のほうも、織江の行方を捜していたらしい。診療所に運ばれたところまではわかっても、その先はどこへ行ったのかを突き止められなかったそうだ。

それにしても、受け取った封筒にも便せんにも君彦の住所は記されていなかった。はっきりしているのは待ち合わせ場所と時間だけ。警察を警戒しているのだろうと察するのは、決して難しいことではなかった。彼は……逃亡犯のようなものなのだ。

「あの、東京駅までの電車はどれですか？」

「手前だよ。すぐに出発だから早く乗るといい」

改札をくぐると駅員に急かされ、ホームに停まっていた列車に駆け足で乗り込む。電車に乗るのも、東京へ行くのも初めてだ。緊張して、口から心臓が飛び出そうになる。

——逢っても、いいのよね……？

布張りの座席の隅で、織江はハンドバッグの持ち手をぎゅっと握りしめる。胸に浮かぶのは兄、典子、業正……そして島民たちの顔だ。君彦と逢うことは、警察にも自転車屋の夫婦にも告げていない。罪悪感は、もちろんある。

そこで相席を求める年配女性がやってきて、織江は窓際へ席を詰める。車窓から見えるのは、ものものしい軍事都市の風景だ。この先、どんな景色が待っているのだろう。想像しつつ、織江は口もとをきゅっと引き締めた。

＊

東京駅に到着したのは昼近くになってからだ。

待ち合わせ時間まであと数分。織江はベルトのついたヒール靴を鳴らし、恐々と改札を抜ける。待ち合わせ場所は伝言板の前だ。雑踏の中を見渡すとすぐにそれらしき白いシャツの背中を見つけて、思わず背伸びをした。

「君彦さん」

応えて背を少し反らした彼は、頭だけで振り返る。真ん中で分けた長めの前髪がこめかみに流れ、どきっとするほど色っぽい。すぐ側に立っている女学生たちが途端に色めき立って、やはり目立つのだなと実感せずにはいられなかった。

「あの、お、お久しぶりです」

頭を下げると、彼からも久しぶりだねという声が返ってくる。予想していたような息苦しさは感じない。不思議と懐かしくて、涙が出そうだ。込み上げてくるものにどうにか耐えて、織江は口もとだけで笑顔をつくる。

「お待たせしてしまいました？」

「いや。ぼくも今着いたところだ。午前中は得意先をまわってきたから」

そう言った君彦は、胸元に縞模様《しまもよう》のネクタイをきっちり締めている。手紙に書いてあったが、彼は今、丸の内でサラリーマンをしているらしい。左手から背広の上着を下げた姿も様になり、雰囲気は誠実な紳士だ。

「あっちだ。まずはここを出て、洋食でも食べよう」

顔を近づけて誘われると、心臓が跳ねた。自分たちは周囲からどのように見えているだろう。もしかして恋人同士だろうか。

「こ、この時間で食堂の席は空いているでしょうか。もう昼時ですし、どこのお店も満席だったらどうしましょう。私、もっと早くに出発すべきでしたね」

歩きながら織江が言うと、君彦は「いや」とかぶりを振った。思惑のありそうな横目でこちらを見下ろし、余裕たっぷりに微笑んでみせる。

「席なら予約しておいたから心配ないよ。それより織江、どうして今日は敬語なんだい」

尋ねられて、織江は思わず目を泳がせた。鋭い意見だ。

「だって」

「だって？」

「君彦さん、立派な会社員になってしまわれたから……」

気軽に接しては失礼な気がしたのだ。自分は自転車屋に居候の身で、お手伝い程度の労働しかできていない状態なのだから。

織江が俯くと君彦はくくっと喉を鳴らして笑い、大したことじゃないよと答えた。

「業正が事前に話をつけておいてくれなければ、ぼくだってスムーズに就職なんてできなかったよ。ぼくの実力や努力によるものじゃない」

「いいえ、そんなことはないわ！」

　君彦にまるきり力がなければ、業正だって知り合いに話をつけたりなどしなかったはずだ。手紙には病院から抜け出した翌日にはもう働き始めたようで、そういった根性を企業の人たちも買ってくれているはずだと思う。

　しかしどうやら業正と君彦は、すでに一年前から綿密に計画を練り、準備を整えていたらしい。織江を連れて本島へ移ったあと、どこに住み、どのようにして生計を立てるのか。娘を養うためならと業正は全財産を君彦に譲り、彼を昔の知り合いや恩人に片っ端から紹介してまわったそうだ。ふたりでデパートへ行き織江へのワンピースを購入したのも、そういった流れのついでだったのだと思う。

「……その、業正さんと君彦さんって、いつ頃知り合ったのか聞いてもいい？」

　並んで歩きながら尋ねると、君彦が上着を左肩に引っ掛けるようにして答えた。

「一年半くらい前かな。ぼくがきみを攫う計画を立てて、逃走経路に利用しようと隣の島の様子を見に行ったときに出会ったんだ。住民なんていないと思っていたから出くわして驚いたよ。しかも、殺されそうになるなんてね」

「こ、殺されるって、業正さんに？」

「ああ。業正にしてみればあの島の住民ってだけで万死に値する存在だ。そのうえぼくは、祭司の家系の者とわかる装身具を身につけていたから」

　翡翠色の勾玉のことだろう。訊けば君彦はあれを島から出るときに失くしてしまったのだそうだ。せっかく母親が作ってくれたものなのに、と織江は惜しがったが、君彦は清々《すがすが》しそうだった。失くしてしまえて良かったという。外しておきたいのに、そうすることに罪悪感を覚えるような重々しいものだったらしい。

「でも、おかげで目的は同じだとわかった。彼がもう何年もの間、復讐の機会を窺ってあの島に住んでいたということも。そこで話し合って、協力し合うことにしたんだ」

「……協力」

「そう。戌井家は守りが堅い。ひとりで戦うには難しいだろうが、ふたりなら突破口が開けると思ったんだ。とくに業正は島の人たちに顔を知られていないぶん、警戒されているぼくより自由に動けそうだったし。——あ、あれが例の洋食屋だ」

彼が示したのは前方に建つ煉瓦造りの建物だった。島では決して見かけることのなかった、三階建てのモダンな店構えだ。立派だからこそ、恐縮してしまう。

「素敵……高級店よね？　私、この格好で入店して大丈夫かしら」

「青いワンピースも似合うよ。誰にも負けないくらい綺麗だ」

「で、でも、流行りの髪型じゃないし、モダンな帽子も被ってないし」

「いいから、おいで。ぼくがエスコートするから心配はいらない。それとも、もしかしてそれは帽子が欲しいというおねだり？」

いたずらっぽい笑顔で問われ、織江は焦ってふるふると首を振った。

「まさか、ちがうわ！」

「ならば問題はないね。行こう」

うまく丸め込まれた気がしないでもないが、もはや頷くしかなかった。

君彦は先を急ごうとして、織江の背に左手を添えようとする。触れられそうになった瞬間、何故だか織江は凍りついていた。何を考えるまでもなく、突然恐ろしくなったのだ。そんな織江の反応を見て、君彦は気づいたように左手を引っ込める。

（……どうして）

君彦との接触が怖いなんて、どうかしている。犯されたことを引きずっているなんてことはないし、軽蔑しているわけでも、責めたいわけでもないのに。

だが、思い当たる節がないこともなかった。彼の手には島ひとつ焼き尽くすだけの火を放った罪がこびりついている。他の誰のためでもない。織江のために被った罪だ。すると、これ以上近づいては彼をますます罪深くしてしまいそうな気がして背筋が寒くなった。

きっと彼はこれからも、織江のためならどんな恐ろしい犯罪だって平然とやってのける。それを喜んで享受してしまいそうな自分こそが、怖かったのかもしれない。


「陣宮司様ですね。ご予約、承っております」

蝶ネクタイを締めた男に案内されたのは三階だ。フロアの中央は一階までの吹き抜けになっており、それを囲むようにして木製のテーブルが点々と配置されている。開放的な造りだが上品で落ち着きがあった。

オーダーを終えると、織江は遠慮がちに周囲を見回した。

「こんなに近代的なお店、初めて来たわ。君彦さんはよく来るの？」

「いや。特別なときだけだよ。今日は、きみがいるから特別」

顔色を変えずにさらりと言われて、反応に困ってしまう。君彦はもともとこういう人で、女性への甘い言葉を惜しまない。特別なことではないのだ。それなのに、織江はどうしたらいいのかわからなくなる。この感情に、身を委ねてしまってもいいのかどうか——。

「あ、あの、私ね、こないだ自転車で鎌倉まで行ったのよ」

視線をふらつかせながら言うと、君彦は驚いたようだった。

「へえ！　きみがひとりで鎌倉？　ずいぶんと体が強くなったみたいだね」

「そうなの。きっと、これまで狭い家の中に閉じこもってばかりだったから、余計に力がつかなかったんだと思うわ」

「なるほどね。そのうち都内にも自転車を漕いで現れるかもしれないな」

「やだ、流石にそれは無理よ。遠すぎるし、道に迷うわ」

四角いテーブル越しに笑い合うと、ほっとした。こんなふうに違和感なく笑い合えるとは思いもしなかった。お冷《ひ》やに口をつけると、前菜が運ばれてくる。

根菜のゼリー寄せだ。給仕係はそう説明してくれたが、織江の頭の中は疑問だらけだった。この透明な塊のどこをどう食べればいいというのだろう。見た目はゴムか、ガラスみたいだ。すると率先して君彦がひとくち食べて見せてくれた。美味しいよという言葉を信じて、恐る恐る、同じように食べてみる。

「……おいしい！」

見た目から予想したよりそれは優しい味で、口に入れるとすっと溶けた。こんなに美味しい洋食は他では食べたことがない。続けてぱくぱくと頬張ると、君彦は安心したように笑った。それだけでまた、織江の気持ちは温かくなる。

「ところで織江、横須賀での暮らしはどうだい？」

彼がそう問いかけてきたのは、メインの料理がテーブルに運ばれてきてからだ。

「ええ、とても楽しいわ。街の人も親切だし、不便もないし」

織江は君彦に倣ってフォークとナイフを使っていたが、どうにも手元がおぼつかなかった。力の加減がわからない。対する君彦が子牛のソテーを切り分ける動作には無駄がない。

「今も自転車屋さんで世話になっているのかい」

「ええ。とても親切なご夫婦で、去年嫁いでいった娘さんの服までくださったの。家事のお手伝いの合間に自転車のパンク修理の受付をやらせてもらっていて、おかげで街の人たちの顔と名前をたくさん覚えたわ」

「そう。……警察は、ぼくを追うだけできみのところへは行っていないんだね？」

小声で問われて、やはりと織江は思う。君彦が一言も告げずに姿を消したのは、織江に火の粉がかかるのを防ぐためだったのだ。

「大丈夫よ。実は自転車屋さんのご主人がね、私を親戚の娘だって周囲に紹介してくれているの。だから怪しむ人もいないいんだと思うわ」

「ああ、それで……」

君彦は納得したように頷く。そこで織江も、君彦が自分を見つけるのに手間取った理由を悟った。自転車屋にいるのが親戚の娘だと思われていたから、すぐに織江だとはわからなかったのだろう。

「でも、そろそろ居候暮らしも肩身が狭いだろう。ぼくとしては、手紙に書いたあの話を了承してもらえると嬉しいんだけどな」

「手紙に書いた話……」

「読んでくれただろう？　ぼくの勤め先の会長が、きみに会いたがっていること」

ああ、と織江は手を止めてひとつ吐息した。そうだ。考えなければと思いながらも、頭の隅に置いたままにしていた問題がひとつある。

織江に会いたがっている会長……それは君彦を現在の勤め先に採用した人物。業正にとって世話になった人間でもあり、切っても切れない関係でもある。彼は業正の亡くなった妻の父——つまり織江にとっては血の繋がった祖父なのだった。

そして祖父は長らく行方不明だった孫娘と暮らすことを望んでいる。

君彦が言うには、祖父は業正から仇討ちの相談も受けていたようだ。しかし社会的立場のある身、協力したくても軽々しく手を貸すわけにはいかなかったらしい。

そこに突如として現れ、見事に孫の奪還を成功させたのが君彦だ。だからこそ祖父は君彦に異例の厚遇を施し、罪に対しては見ないふりをしている。そして警察の目を欺き、君彦を保護しているのだ。ある意味では、共犯者のひとりと言えるだろう。

「まだ、会う勇気はない？」

「……会いたいとは思っているの」

血の繋がった家族なのだ。会ってみたいに決まっている。それでもこれまで尻込みしていたのは、兄と典子の死が頭にあったからだ。

彼らは血の繋がりなどなくても本当の家族だったと織江は思っている。典子があんなふうに織江を死に追いやろうとしたのも、止むに止まれぬ事情があったからで、彼女が根っからの悪人だったわけではない。父や母のことは許せないけれど、それでも過去、親として頼りになることはたくさんあった。

彼らを思うと、今更、血の繋がりひとつに頼って別の家族と住むなんて薄情ではないかと感じた。突然別の名前になることにも、抵抗というより違和感があった。

「じゃあ、一目だけでも顔を見せてあげてもらえるかい。一緒に住むかどうかは、そのあとにゆっくり決めればいい。会長はもう、毎日きみのところへ飛んで行きたくてたまらないんだ。でもきみの意思を尊重して、待ってくれている」

「そうね……」

織江は迷いつつも、小さく頷く。勇気なんてまだ足りないけれど、こんな自分でも少しずつ前に進んでいかなければ。あの島だってもう、軍用に転用されて生まれ変わろうとしているのだから。

「いつ頃なら都合が良いのか、君彦さんから聞いてもらえるとありがたいわ」

「ああ。その言葉を聞いたら会長も喜ぶよ」

君彦は切り分けたソテーを口に運ぼうとしたものの、ふいにやめる。視線からして、織江の前にある料理が減っていないことに気づいたようだ。すると彼は突然自分の料理をすべて食べやすい大きさに切り、その皿を織江のものと交換してくれた。

「あ、あの」

「しいっ。冷める前に食べなよ。それ、温かいほうが美味しいから」

さりげない優しさに胸がきゅっとしてしまう。

君彦はどうして今日、織江をここに呼んでくれたのだろう。祖父のもとに戻るよう、説得するため？　それとも、少しでも逢いたいと思ってくれていた？　この先もずっと、望めばこうしてふたりきりで会ってくれる？

（……何を考えているの、私）

織江はソテーをひとくち頬張りながら密かに吐息する。

君彦は罪人だ。織江の祖父に守られているとはいえ、彼が犯した罪は消えない。彼との未来を望むというのは、それらをすべて受け入れる覚悟をしなければならないということだ。

——受け入れたくないと思っているわけじゃないわ。でも……。

失われた多くの命を思うと、軽々しく彼を許容するなどしてはいけない気がした。彼が奪ったのは人生であり、生きる権利であり、この先も続いていくはずだった貴い営みなのだ。今の織江にとって生きるということは自分の感情ひとつで決定できないと思うほどに重いものだった。


食後に冷菓とフルーツのデザートまでいただいて、店を出ると一時間半が経過していた。

「ありがとう。結局ご馳走してもらって……でも、とっても美味しかった！」

「そう言ってもらえてよかった。どこに連れて行こうか迷った甲斐があったな」

「迷ってくれたの？　君彦さんが？」

「もちろん。きみをがっかりさせたくなかったからね」

当然のように言われて頬がふわっと熱を帯びる。君彦が自分のために迷ってくれた。女性の扱いに慣れた彼なら、食事の場所くらい難なく決められそうなのに。

「あの、会社に戻らなくても大丈夫？　昼の休憩時間はもうおしまいでしょ」

織江が言うと、君彦は腕時計を覗き込んだものの、大丈夫だと言って笑う。

「実は午後から半休をもらってる。そのぶん、先週も先々週も週末に働いたから」

「えっ……わ、私のために？」

「そうだよ。言っただろう、きみは特別だって」

惜しげもなくかけられる甘い言葉に心が揺れてしまう。彼の胸に飛び込みたい。でも踏み出せない。喉の奥でつっかえている言葉が胸を圧迫して、苦しい。

「さあ、行こう」

「行くって、どこへ？」

「散歩。ふたりで少し歩かないか。駅の周辺を案内するよ」

胸を高鳴らせながら、織江は君彦に誘われるままに街を歩いた。彼の職場がある丸の内から、駅を越えて日本橋の方面まで。

驚いたのは交通量の多さだ。四輪車と三輪車、そして自転車と自動二輪車がひっきりなしに道路を行き来している。安定感のありそうな四輪車となると、荷物だけでなく人までもが屋根の上に乗っていて、沿道を歩きながらはらはらせずにはいられなかった。

「車って、こんなにいっぺんにたくさん走るものだったのね……」

目を瞠る織江を左下に見て、君彦は満足そうだ。

「島には車なんて数台しかなかったからね。ほら、ここが日本橋だ」

「まあ！　なんて広いの。どうやってこんなに大きな橋を造ったのかしら。すごいわ」

橋の大きさだけでなく、織江はその平らな形にも驚いてしまう。島で橋といえば丸みのある、いわゆる太鼓橋《たいこばし》が当たり前だった。横須賀にも橋はあるが、日本橋の荘厳さは他のどんな橋も比べ物にならない。まるで演劇の舞台のようだ。

「……君彦さんは今、こういう世界で頑張っているのね」

立派な彼にふさわしい、立派な街だと思う。彼がかつて、はみ出し者の失格者と呼ばれていたといっても誰も信じないだろう。

「実際、暮らしてみると忙しない街だけどね」

「でも、尊敬するわ。私ね、自分のことみたいに誇らしいの。君彦さんがこんなに華々しい都会で活躍なさっていること」

橋を渡り始めたところでそう言うと、君彦はくすぐったそうに目を細めて笑った。島にいた頃には見られなかった、柔らかい微笑みに胸がじんとする。

彼にはもう二度と苦しんでほしくない。呪ってやる、なんて言葉も口にしてほしくない。君彦はいつか織江に笑っていてほしいと言ったが、想いは織江だって一緒だ。

そんなことを考えていると、橋の上を路面電車が走り抜けていった。路面電車を見たのは初めてだ。驚いて立ち止まった途端、すれ違う人と肩でぶつかってしまう。

「あ、す、すみませんっ」

謝りながらよろけて、危ないところを支えてくれたのは君彦だった。がっしりした左腕で肩を抱くようにして引き寄せられ、心臓が跳ねる。しかしときめいたのも束の間、亡くなった島の人たちの顔が頭をよぎって全身に電流が走ったようになる。

「ヤ……！」

反射的に、両手で君彦の胸を押しのけていた。彼の温かさが、怖くてたまらなかった。

数歩よろけて下がって見れば、彼は衝撃を受けたような表情で織江を見つめていた。目が合うと動揺を隠すように髪をかきあげ、ごめんと短く言う。

「……わかってるよ。きみがぼくを嫌っていることは」

「き、嫌っているわけじゃ」

「いいよ、無理をしなくても。非道の限りを尽くし、憎まれるよう仕向けたのはぼくだ」

そう言うと君彦は歩道の端まで行き、橋の手すりに背中をもたせかける。

「もっと激しく憎みなよ。なにしろぼくは島じゅうに火をつけて、きみと仲の良かった妹や、連れて逃げれば助かったかもしれないお兄さんまで見殺しにした」

「や……やめて」

「ねえ、きみは後悔しているんだろう？　業正を……実の父親を見捨てるようにあの島へ置いてきてしまったことを。彼が犯す罪を容認したことを」

「もうやめて。わかってるわ、それ以外になかったんだって」

「頭ではわかっていても、納得しきれないものが胸に残ってる。そうだろう」

図星をつかれて、織江はふらと視線を泳がせた。

納得などもちろんしていない。きっと、いかなる理由があろうと織江はあの島を出たときのことを「よかった」とは思えない。典子や兄、島民を見殺しにしたことも。だが、受け止めていかなければと思っている。思っているのに――。

君彦の右まで歩いていって、震える手で橋の手すりに摑まる。川の水は決して綺麗とは言えないが、この街には欠かせないものに見える。

「……ねえ、最初から業正さんを置き去りにする計画だったの？」

　ぽつりと問うと、君彦は手すりに背中から寄りかかったまま答えた。

「それが彼の希望だった。あの島の人間を残らず葬って、妻のもとへ行くんだと」

「あなたはそれを了承して、私に憎めと言ったのね……？」

「そうだよ。……もちろん何度も説得しようとはしたんだ。せっかく再会できたんだから、父娘ふたりで生きるべきだって。でも、業正の胸には届かなかった。だけど、決してきみを大切に思っていなかったわけじゃないということだけは、わかってほしい。彼はもう……心の大半が壊れていたんだ」

　彼が言うには、業正は君彦の前でも何度も自殺を試みていたそうだ。だいたいが、なんでもないふとした瞬間に。長い時間をかけて練ってきた計画が、ようやく実行に移されようとしているそのときにまで。死に魅入られて自分を制御できなくなっていたのだろうと、君彦は切なそうに語った。

「……そんなふうには見えなかったわ」

「きみの前だからだよ。実の娘には、強いところを見せたかったんだ」

「強くたって弱くたってかまわなかったのに」

　どんな父親だって、いてくれるだけで良かったのに。素直にそう思ったら、自然と涙が込み上げてきた。島を出て以来、不思議と流すことのなかった涙だ。

　何もかもが仕方なかったのだと思おうとしてきた。そのたびにもっと何か出来なかったのかと逆の思いが頭をもたげて、諦めることも悲しむことも中途半端にしていたのかもしれない。そうしてなおざりにしてきたのは自分の本音だ。

生暖かいものが頬を伝うと、堰き止めていた様々な感情がいっぺんに溢れてきてどうしようもなかった。

「わたし……私、もっと業正さんをおとうさまと呼びたかった……」

「……うん」

「亡くなったお母様のお話もきちんと聞きたかった。私が産まれたときのお話も、どんなふうに呼ばれていたのかも……知りたかった」

「そうだね」

「優しかったわ。壊れていても、私を思いやってくれた。できることなら……偽者の父親を慕っていた年数よりもっと長く、業正さんを慕っていたかった……」

はらはらと溢れた涙が、遠い川面に落ちて濁流《だくりゅう》の一部になる。川の水が濁っているからこそ、胸にわだかまった感情がそこに流されていくような気がした。

「織江」

そう呼んだ彼は橋の手すりに肘を置き、空を仰ぐ。

「ぼくが全部持って行こうか。きみの中にある憎しみや、悲しみや、憤りを」

何を言っているのだろうと織江は首を傾げた。持っていくということはどこかへ行ってしまうつもりなのだろうか。すると彼は織江を横目で見たあと、背伸びをするようにして仰向けの格好でさらに手すりの外に身を乗り出す。

「もともとそのつもりだったんだ。業正はきみを頼むとぼくに言ったけど、きみにとってはたまったものじゃないだろう。すべてを奪った男がいつまでも視界にちらついているなんて、そんな生活」

「き……君彦さん？」

「きみはぼくを憎めばいいだけだ。その感情すべてを抱えて、ぼくは逝こう」

君彦のつま先が地を蹴り、体を浮かせる。上半身が川の上に投げ出されたが、彼は手すりを摑もうとはしなかった。織江と視線を合わせて笑う。これでいいと言わんばかりに。

その瞬間、殺したいほど憎めと言われたことを思い出し、背筋が冷えた。君彦は最初からこうするつもりだったのだ。業正の計画が完遂すれば、残されるのは君彦と織江のふたりだけ。偽物の家族だけでなく、本当の父親まで織江は失ってしまう。そこで自分を憎ませ、恨ませ、そして死んでいくことで織江に仇討ちをさせる。そうしてすべてをリセットさせ、前を向かせる。

つまりこれは君彦の命を賭けた、織江の救済だったのだ。

バランスを崩した体が今にも川面に落下しそうになって、織江は咄嗟に手を伸ばす。

「いやっ……!!」

力いっぱい、君彦の胴にしがみついた。無我夢中で彼の体を引っ張り上げて、さらに両腕で思いっきり抱きつく。通行人がぎょっとした顔をしたが、そんなことは気にならなかった。君彦を失うことに比べたら、なんでもない。

「し、死なないで。どこにもいかないで。ここにいて。私と一緒に生きて」

「……同情ならいらないよ。ふたりだけの生き残りだという仲間意識もね。なにしろきみには血の繋がった家族がいる。それにここだけの話、会長はきみにふさわしい見合い相手も見つけたらしい。これからはひとりじゃないんだ」

「そういうことじゃないわ！　私は……わたしは……っ」

腕がかすかに震えている。だがそれは君彦に触れていることへの恐怖ではなく、彼を失わずに済んだことへの安堵からだった。

「君彦さんだから側にいてほしいの。失いたくないの。好き、なの……」

シャツ越しに体温を感じて、素直な本音がこぼれ出る。最初からためらわずに、こうして飛び込んでしまえばよかった。後悔も罪悪感も抱えたままで。

「……好き？　冗談だろう。ぼくはきみを無理やり犯した男だよ」

「じょ、冗談なんかじゃないわ！　私は、本気であなたを」

「あまりぼくを自惚れさせないほうがいい。また痛い目を見るよ」

「それでもいいの。たとえまだ、あなたがみねさんを想っていても……それでも私」

みねの名前を出すと、君彦は不意をつかれたように目を丸くした。それから織江の腰に腕をまわし、呆れたようにこちらを覗き込む。

「きみの鈍さには舌を巻くよ。言っておくけど、ぼくが忠実なのは織江にだけだ。他の女に求めるのは利用価値だけで、誠意の欠片もない悪人だよ」

「悪人？」

「きみ以外の女に対してはね……いや、違うな。ぼくは誰よりきみに対して悪人だろうね。今だって、人に言えない醜悪な感情をきみに抱いてる」

　腰にまわされていた彼の右腕が背中をのぼってゆく。後頭部に手を添えて、しっかりと抱きしめられる。

　そして彼は周囲の視線など意に介さぬ様子で、織江の耳元へ低く甘やかに囁きかけた。

「織江のためならいつだって喜んで死ねる。だけどその命と引き換えに、織江が今後、世界中の男から見向きもされなくなればいいと本気で思ってる」

「え……」

「嫌われてしまえばいいんだ。ぼく以外の人間、すべてから。そうしたらきみは、ぼくを思うしかなくなる。死してなお、ぼくは織江に想われ続ける」

　掛けられているのは無情な言葉なのに、肌が期待感でぞくぞくと粟立つ。

「こういう男なんだよ、ぼくは。わかってるの？」

　もちろんだ。織江は小さく頷いた。君彦が優しいだけの人間でないことなど、とうに知っている。すべて承知したうえで、それでもこんなに好きになった。後悔なんてしない。もう、この腕を二度と離さない。

「私、覚悟を決めるわ」

見上げると、彼の瞳が揺れながらこちらを見つめ返した。意味がわからないと言いたげだ。その視線を真っ直ぐに受け止めて、織江は告げる。

「君彦さんが背負った罪を、私も背負う。いいことも悪いことも、全部抱えて生きていく。この先、もっと罪深くなったってかまわない。たとえこの手が汚れたって……ふたりで生きていくためなら、私、なんだってするわ」

言い切った途端、君彦の目がゆっくりと見開かれる。それは心を動かされたときの、素直な反応なのだとすぐにわかった。妖しいほど綺麗に笑えるはずの彼が、取り繕うことなく表情を崩していったから。

「……やっと、再会できた。初めて会った頃のきみに」

泣き出しそうな顔で彼は言う。わけがわからなくて「え？」と尋ねると、さらにぎゅっと力を込めて強く抱かれた。深いため息が背中に降って、伝い落ちていく。

それはまるで長く彼の胸に詰まっていたもののようで、すべてを吐き出しきった君彦は清々しそうだった。

「本当に振り向いてくれるつもりなら、覚悟して」

人目を気にせず織江と額を合わせ、君彦は微笑む。いつか見た、優しい少年の顔で。

「ぼくは、きみにだけは手加減などできない。優しいだけの愛し方もする気はないから」

ともに生きていくことを決めてくれたと思っていいのだろうか。すると、虐げられることに慣らされた体が奥にじわりと熱を持つ。今すぐに乱されたくてたまらなくなる。搦め捕られるように彼の頬に頬をすり寄せ、織江はもう一度頷いた。

＊

君彦の部屋は二階建ての文化住宅《ぶんかじゅうたく》の二階にあって、こぢんまりとした和室だった。ほとんど物のない無機質なその部屋になだれ込み、靴を脱ぐ間も惜しんで唇を重ねる。

「ん……ッ」

最初から舌の挿入を伴う深い口づけだ。いきなり口の中を彼の体温でいっぱいにされ、瞼の裏がちかちかする。足元をふらつかせると背中から壁に押し付けられ、角度を変えて口腔内を探られた。

「っふ……ぅ、ッん」

「もっと口を開けて。舐め足りない」

応えて唇を開くと、生暖かい舌が上顎に触れる。舌触りを確かめるように何度も舐められたあと、歯の裏を右から左へ撫でられて唇が緩んだ。

「……っは……」

浅く吐いた息とともに、口の左端からこぼれるぬるい液。互いの体温が混じり合ったその雫は、一瞬にして顎まで滴って織江に軽い身震いをひき起こさせた。それを舌で舐め取り、熱い息を吐きながら彼は言う。

「ここまでついて来たからには、もう二度と帰してやれない。今日だけでなく、明日も、明後日もだ」

「このまま私をここに……置いてくれるの？」

「遠慮がちに聞くなよ。ぼくはここからきみを出す気がないんだ。もう一秒だって離れていたくない……どこにもやりたくない」

彼の唇は左の首筋に寄せられ、鎖骨まで下りてゆく。肩を摑んでいた両手は、いつの間にかワンピースの前ボタンを外し始めていた。

「それとも、きみはたまに泊まりに来るだけで満足？　横須賀の家に帰りたい？」

淡い声で尋ねられて、織江はふるふるとかぶりを振る。ボタンを外す彼の手の甲が、胸の膨らみに当たっているだけで体の芯が熱くなる。

「一緒にいたい。君彦さんと、ずっと」

「ならば、今日からきみの家はここだ」

同棲しようという意味だろうか。それとも……、と考えているうちにボタンが腰まで外されていた。

もどかしそうな手が襟元にかかり、下着ごと服をはだける。いっぺんに両胸が露わになると、薄暗い中でふたつの膨らみが柔らかく波を打って揺れた。その動きに吸い寄せられるようにして、君彦の唇が右の先端にむしゃぶりつく。

「ア……っぁ、あの、君彦さん……っ」

せめて靴を脱ごうと、織江は身をよじる。ここは玄関だ。物騒な音を立てていては、近所の住民に何事かと思われる。しかし君彦は織江を放さない。

「逃がさないから。きみを汚していいのはぼくだけだ。髪も、顔も、胸も、すべて」

「待っ……こんな、ところで」

「部屋までよく我慢したと思ってくれないか。本音を言えば、路地裏に連れ込んですぐにでも抱いてしまいたかったのに」

ワンピースが太ももを滑り、下着とともにくるぶしまで落ちる。これでもう、靴以外に肌を隠すものをすべて失ってしまった。頬を赤らめて恥じらう織江を、君彦は一旦右胸から離れて恍惚とした目で見つめる。

「地球上に、きみより完璧なものがあったら見てみたい……」

そう言った唇が、今度は左胸の頂を捉える。口に含んで軽く舌で転がしたあと、赤ん坊のように一心不乱に吸われた。緩い癖のついた前髪が膨らみをくすぐり、先端をますます敏感にさせられてしまう。

「んっ、ん……ッあ……君彦さんの口、あったかくて、いっぱい動いて、る」

びくびくと体を波打たせて言うと、君彦はこくりと喉を鳴らした。右胸を下から押し上げて摑まれ、少し痛いくらいに揉み込まれる。

「あァっ、ん……声、漏れちゃ……っ」

「いいよ。この文化住宅は独身者ばかりで、昼間はほとんど留守だ。誰にも聞かれやしない。ほら、思い切り啼いてごらん」

　催促するように左の先端を甘噛みされたら、耐えきれず高い声がこぼれた。

「ひぁっ、あ……！」

「いい声だ。最高にそそられるね……」

　君彦は織江の素直な反応を見て、ますます欲を煽られたようだった。

　両胸をねっとりと揉みしだき、右胸の先を指の間でしごく。左胸を小刻みに吸い、時折そっと歯を立てる。ちゅっと音を立てながら唇を離されると、左胸の先は硬く勃ち上がっていた。激しく吸われた所為か桃色の部分がより鮮やかに、艶を帯びていやらしく見える。

　無理やり犯されたときと同じ反応だ。自分は彼の行為に慣らされたままなのだと思ったら、体の芯が疼いてたまらなかった。

　うっとりと目を細め、織江は右胸の先を彼の口もとに近づける。

「あの、こっちも……して……」

「大丈夫。忘れてないよ」

　君彦が右の先端をゆったりと舐めながら頬張る。水っぽい音を立ててしゃぶっては、反対の胸を掌で弄ぶ。欲望のままに扱われているのかと思うと嬉しくて、織江は彼の喉元に手を伸ばした。もっと、彼の欲のはけ口になりたかった。ネクタイを解き、ボタンを外して、シャツを脱がせていく。

「どうしたの？　やけに積極的だけど。もしかして、早く終わらせようと思ってる？」

「ち……がうわ……」

「そう？　残念だけど、今更逃げたがっても遅いよ。きみの心が変わっても、ぼくはきみを朝まで抱く」

シャツを玄関に脱ぎ捨てた彼は、織江の胸の間に顔を埋めて、谷間をちろちろと舐める。そこから舌先で肌を撫で下ろし、膝をついて織江のお臍に口づけた。

「十年……ずっときみだけを見ていた。きみがぼくの生きる理由だった」

茂みの上から足の付け根に唇を押し当てられ、肩が震える。夢なのではないだろうか。触れながら、こんなに優しい言葉をかけてもらえるなんて。

「……うそ。だって君彦さん、いつも違う女の子を連れてたわ……」

「嘘じゃない。誰といても、きみのことしか考えられなかった。きみを想像しなければ、他の女なんて抱けなかった。信じないのか？」

真剣な表情で訴える彼を見て、思わず少し笑ってしまう。

「あの、ごめんなさい。責めたかったわけじゃないの。言いたかったのは……私だって、あなたが毎回違う女の子を連れていると気づく程度には、あなたを見ていたってことよ」

嫌悪していたはずなのにおかしいと自分でも思う。嫌だ嫌だと思いながらも、目が離せなかった。気に入らない相手なのに、他の女に甘い言葉をかけているのを見ると苛立っていた。改ざんされたはずの記憶が、奥底で無意識に働いていたのかもしれない。

「本当よ。……あのね、私、あなたが連れていた女の子の名前、十人は正確に言えるわ」

肩を持ち上げて微笑んで見せると、君彦はほっとしたように表情を和らげる。

「あまり、ぼくを自惚れさせるなと忠告しておいたはずなんだけどな」

太ももを摑まれた次の瞬間、彼の顔が織江の脚の付け根に埋まっていた。舌先で花弁を割られ、内側の粒に触れられる。じゅっと吸って粒だけを外に誘い出されると、敏感な部分を剝き出しにされている気分だった。

「ん、ヤ……ぁ」

足が震えて膝に力が入らない。花芯がじんじんするくらい感じている。神経全てが脚の付け根に集中して、真っ直ぐ立っているのが難しいほどだ。

それなのに君彦は体勢を変えようとしない。織江の太ももを抱えるようにしてお尻の膨らみを摑む。後ろから脚の間に指を入れて蜜口に触れられると、その指はとろりと滑った。

「も……もう、横に、させて」

か細い声の懇願に、返されたのは意地悪そうな笑顔だ。

「嫌だ。靴を脱ぐ手間が惜しい」

こちらを見上げながら、蜜の絡んだ指を舐め取っているのはわざとだろう。織江の羞恥心を誘うためにそうしているのだ。わかっていても、織江はかあっと頬を火照らせて目を逸らしてしまう。

「織江、こっちを向いて」

「い、イヤ……っ」

「きちんと見て。きみのだよ」

指から唇まで蜜で糸を引くようにして言われ、恥ずかしさのあまり涙が滲んだ。

「もう、いじめ……な、いで」

せめてもの救いは部屋が明るくなかった点だ。窓にカーテンが引かれていなかったら、全身が上気して期待に震えていることもきっと悟られていただろう。

「少し虐げてあげたほうがきみの体は悦ぶんだよ。確かめてみようか」

君彦は再び織江のお尻を両手で摑み、後ろから脚の付け根に指を差し込む。蜜口に軽く指を埋められると、蜜が一気に溢れてくるのがわかった。まるで、こぼれる寸前でどうにかそこに溜まっていたみたいに。

「あ……」

「ほらね」

予想通りとばかりに口角を上げる彼がちょっぴり恨めしい。涙目で睨むと、それすら喜ばしいと言いたげな顔をして、彼は織江の脚の付け根に顔を押し付けた。それから太ももの間を少し開けさせ、やや下の角度から音を立てて蜜を啜る。

「は……ぁっ、あ、き、みひこさん……ッそれ、いいの……っ」

「そう。ぼくもいいよ。唇で、きみが感じている様子がわかるから」

みずみずしい果実を頬張るように、君彦は無心になって織江の秘所を愛撫する。花弁全体を頬張り、割れ目の内側を舐め尽くす。粒を舌で転がされると、そこがじわじわと熱をもって勃ち上がってゆくのを感じた。

「織江……足りないよ。こんなものじゃ、味わい足りない」

彼は渇望するように指で内側から蜜を掻き出し、舌で雫を受け止めては喉を鳴らす。体の中から自分自身が溶け出して、彼に呑み込まれていくようだ。これ以上とろけたらからっぽになってしまいそうなのに、君彦はまだ満たされないらしい。

「もしかして、もっと虐められたくて出し惜しみしてるの？」

「そ、そういう、わけじゃ」

「ならばもっと悦楽に素直になるんだ。ぼくに虐められて、強引に体を開かれて、嫌がりながらも感じて……そうやって快感に逆らえなくなったきみこそを、ぼくは犯し尽くしたい」

言うなり君彦は左手の指で割れ目を広げ、内側の粒をきつく吸った。すでに充血しきっていたそこは、ひりつくほどの快感を織江に与えた。

「ひう、アぁあ……あ！」

咄嗟に腰を引いたが、お尻を摑んでいる彼の右手に引き戻される。

「感じることを拒否するのは許さない」

花弁に顔を押し付けるようにしてもう一度粒を咥えられ、激しく吸われる。じゅくじゅくと音を立てて、蜜とともに啜られる。彼の舌の動きは巧妙で、胸の先を吸っていたときとはまた違う蠢きかたをしていた。敏感になった粒の奥から、さらに感じやすい部分を引きずり出されてゆく感じがする。

「イ、やあっ……だめ、イヤ、これ、だめなのぉ……っ」

「だめ、じゃないだろう。素直にいいと言うんだ」

腰から下にはもはや、快感以外の感覚がなかった。がくがくと膝が震え、蜜口が締まる。すると下腹部全部に高い熱がこもり、頭まで沸騰しそうになる。これ以上どこかを刺激されたら、破裂してしまいそうだ。

「あっ、あ、あ……許し……ッきちゃ、う……だめ……きもちい……い」

倒れてしまいそうで怖いと思う反面、すでに織江は引き返せなかった。君彦の頭に両手を置いて、柔らかい髪をくしゃくしゃに撫でる。撫でながら、無意識のうちに引き寄せてもっと舐めてとねだってしまう。

「んんぅ……あ……すごい、の……っいっぱい、吸われて……」

「そうだよ。上手だ。理性を捨ててもっと溺れてしまえ。ぼくから与えられる快感が頭に染み付いて、いっときも忘れられなくなるくらいに」

「君彦さん、お願……ッもっと、ひどく、して……ぇ」

嬌声混じりに懇願すると、君彦の表情に愉悦が滲んだ。思いどおりに織江が堕ちてきたことへの喜びか、それとも乱れ始めた織江の体にますます欲望を煽られたのか。

「言われなくても、これからまだ、たっぷり虐めるつもりだよ」

口角を上げた君彦は、大げさな水音とともに織江の粒をいっそう激しく啜る。そして右手の指を、後ろから突然蜜源に穿った。深々と、根元まで。

「きゃ、ぁ……っ」

予期せぬ刺激に体が震える。差し込まれたのは一本ではなく二本の指だ。内側を押し広げる、窮屈なくらいの圧迫感でわかる。今度こそ立っているのもやっとだったが、倒れ込んだら指が抜けてしまうと思うと惜しくて、必死に耐えた。

「ん、んぅ……あ……君彦さんの、指……」

「ぼくの指が、どうなってる？」

「お腹の、なか……掻き回して……て……奥に、届きそう……」

内壁をゆったりと擦る仕草は、強引に押し入ったとは思えないほど丁寧だ。周囲の壁をくまなく指の腹で揉みほぐされると、昂ぶりきった体は蜜を存分にこぼした。太ももに流れたそれを勿体なさそうに舐めて、君彦は目を細める。

「織江……快さそうだね。内側がうねってる。中を弄られるのがそんなに好き？」

「ん、好き……君彦さんに弄られるの、気持ちいい、の」

「いい子だ。もっと、自分の中にある欲求を肯定してごらん」

君彦は蜜口をさかんに指で掻き回し、こぼれた蜜を舐め啜る。熱い舌は何度も花弁の間を行き来し、充血した粒をしごいた。

「あ……あ、君彦さっ……私、もう、立っていられない……」

「ああ。中のうねりが激しくなってきた。感じかたが上手だよ、織江。そのまま快くなって、弾けるところをぼくに見せて」

「あ、あ……ッくる、大きいのが、きてる……っ」

内側の指をぐじゅぐじゅと音を立てて出し入れされ、織江は本能のままに快感に身を委ねる。呼吸が荒くなり、息を吐くときも吸うときもだらしなく声が漏れた。君彦の舌は花芯に絡みついて、その先端から剝き出しになった敏感な部分を重点的に擦る。

「織江、ぼくの目を見て気持ちいいと言って」

「ッ……いい、の……君彦さんの口も、指も、すごくいい……っきちゃ、う……！」

弾ける予感に全身を硬くすると、君彦の指がより奥にねじ込まれて内壁を大胆に擦った。同時に強く花芯を吸われ、織江はついに達してしまう。

「やぁ、っ、ア、あぁあ……っ！」

ぱっと透明の雫が散って、君彦の前髪を濡らしたのが見えた。何が起きたのだろう。織江にはわからなかったが、君彦は満足そうに口もとを緩めた。

倒れ込んだ体を受け止めてくれる力強い腕が頼もしい。畳の上に仰向けに寝かされると、織江はひくひくと体を痙攣させて快感の余韻を味わった。

「……はぁっ……ぁ……」

「綺麗だよ、織江……綺麗すぎて、どこから汚そうか迷うくらいだ」

上唇を舐めながらこちらを見下ろす男の目には、欲望の色が濃く表れている。まだ終わりではない。彼の欲をぶつけられるのはこれからだ。そう思うと弛緩した体の奥から、新たな期待がじわじわと湧いてくるようだった。

靴のベルトを外され、両足からひとつずつそれを脱がされる。いつの間に汗ばんでいたのか、靴を取り払われると足先がすっと涼しくなった。左足を持ち上げられたまま、仰向けに横たわる織江は胸の膨らみを上下させて荒い息を吐く。快感でひたひたにされた体はどこもかしこも心地よい気怠《けだる》さで、自発的に動こうという気はまだおきなかった。

「ひとつ、きみに頼みがあるんだ」

君彦は織江の裸の左足に唇を寄せて言う。

「会長と……お祖父様と面会するときには、ぼくも同席させてほしい」

親指の先をぺろりと舐められて、織江は思わず左足を引っ込めようとした。靴を脱いだばかりの足だ。清潔であるわけがない。舐めるなんてどうかしている。だが君彦は織江の左足首を強く摑んで離さない。それどころか、こちらをじっと見つめながら親指を頰張って、音を立てながらしゃぶってみせる。

「やっ……イヤ、だめ！」

「同席させたくない？　ぼくを恋人だと言って紹介する気がないのか？」

もう一度足の先を口に入れられそうになったから、織江は体を硬くしてかぶりを振った。

「そうじゃない、ちがうの……っ、足、やめて、舐めちゃ、汚い……」

「汚くなんてないよ。きみの体はどこもかしこも綺麗だ。汚れているのはぼくのほう。きみは今、ぼくに汚されていっているんだ」

彼の唇が派手な水音を立てて、左足の指をしゃぶっていく。指の股に舌を入れ、小指まで一本ずつ丹念に。せめて片足だけでやめてほしいと織江は思ったが、右足もあっけなく捕まって彼の口もとに運ばれていった。

「それで？　ぼくとの関係は、まだお祖父様には黙っていたい？」

「……ッ、いいえ。そんなことない。きちんと話して、わ、わかってもらいたいわ」

「ぼくもそう思うよ。できることなら、きみの身内に卑怯な手は使いたくないからね」

意味深な言葉が聞こえた気もしたが、すぐにわからなくなってしまった。右足の中指と薬指を同時に口に含まれ、吸われたからだ。生暖かく、このうえなく柔らかいものが指先を包んでいる。伏せた彼の目もとがあまりにも綺麗で、倒錯感に瞼の裏がちかちかした。

「あ、っん、そんな、ところ……っ」

「こんなところを舐められるのは快くない？」

「い……いいの……っ、足が、こんなにいいなんて、知らなかったから……」

小指を舌先でくすぐられ、震えながら織江は君彦を見つめる。彼は足の甲に唇を滑らせ、くるぶしにも口づけた。神聖なものに触れるような仕草に、恍惚とせざるを得ない。

そして、違うわと思った。単純に足の先への愛撫に感じているわけじゃない。織江の体はひたすらに、君彦から与えられる刺激だけを求めている。

「君彦さ……ん、あなただから……なのね」

「うん？」

「こんなふうに気持ちいいのは、触れているのが君彦さんだからなのね」

はにかみながら伝えると、君彦の動作がぴたりと止まった。右足首を摑んだまま、目を見開いて織江を見下ろしている。驚いているような、面食らっているような絶妙な表情だ。

「君彦さん？」

呼びかけが聞こえたのか、彼は同じ表情のままゆるりと織江の足を畳の上に下ろす。そして何を思ったのか、突然織江の体をうつ伏せにひっくり返した。

「きゃ！」

短い悲鳴を上げたとき、背後で衣服を脱ぎ捨てる気配がした。彼がズボンを脱いだのだろう。振り返ろうとすると、両手首をそれぞれ摑まれて背後に引っ張られた。織江は膝をついた状態で上半身を浮かされる格好になり、焦ってしまう。

「きみのそれ、無自覚なら末恐ろしいよ」

「え、え？　あの」

「ぼくをこんなふうにした責任をとってもらおうか」

そう言われたと思ったら、脚の付け根に硬いものが当たった。今更何を言われなくても、正体に見当はつく。すぐに埋めてもらえると思って織江が喉を鳴らすと、それは織江の蜜の上でぬるりと前に滑った。

「……あ……っ」

反り返った男のものが、花弁を割って内側の粒に触れる。蜜を介して、ぐりぐりと押し付けられる。弾けた余韻がまだ残されていた粒は、過敏に反応し織江の背をわななかせた。

「欲しい？」

愉快そうな問いに期待感が膨れ上がる。素直に頷いて、織江はすぐにでも突き込まれることを期待した。指を穿たれたときのように、いっぺんに奥まで。しかし君彦はふっと笑って、織江の腕をさらに後ろに引く。

「欲しいなら、自分から受け入れてごらん」

「じ、自分で、って」

「難しいことじゃないよ。腰を動かして、位置を定めたら呑み込めばいいだけだ。本当に欲しいと思っているならできるだろう」

「でも」

よりによってこの体勢でどうやって繋がれというのだろう。両手は彼に摑まれて塞がっているし、振り向いても彼のものの位置はわからない。たじろぐ織江の脚の付け根で、硬いものが動く。先端をぴたと入り口にあてがわれては、反応しないわけにはいかなかった。

「ん、っ……んっ」

腰を後ろに移動させて、簡単に導き入れてしまえたらと思った。だが、先端は入り込む寸前で、つるりと滑って割れ目のほうへ逃げていく。

「ヤ、どうしてっ……」

あと少しだったのに。今度は腰を前に移動して、自分で位置を合わせようとする。しかしどうにか摑まえたと思うと、蜜で滑ってしまうからもどかしかった。

「……ッ、はぁ……あ、いや、欲しいの……っ」

織江は前後だけでなく、左右にも腰をくねらせて屹立を捕まえようとする。そうしている間も張り詰めたものはつねに脚の付け根に当たっていて、あと少しと思うから余計にたまらない。織江は耐えきれず、わざと屹立の先端を自分の割れ目にあてて粒を刺激した。せめて少しでも多く感じさせてほしかった。

「君彦さん、の、欲しい……お願い、ちょうだい……っ」

そうして必死になって繋がりを求める織江は、自分がいかに淫らに君彦を誘っているのかなど気づかない。泣きたい気持ちで振り返ると、陶然としている彼と目が合ってどきっとした。いつからそんな目で見つめられていたのだろう。

「どうしたの。もう降参?」

「だ、って……君彦さ……ずるい」

「音を上げるのは早いよ。ほら、いやらしく腰を揺らしてぼくを挿れて」

先端で秘所を前後に擦られて、織江は焦れた息をはあっと吐く。後ろに引っ張られている腕が千切れそうだ。痛みに顔をしかめて胸から上を畳につけたら、察したのか、手首を解放してもらえた。

「あ……」

顔の左右に両手を置くと、少しだけ体を動かすのが楽になった。そろりと腰を持ち上げ、屹立の位置を合わせる。今度こそ受け入れられるかもしれない。しかしその期待は、直後に彼のものが後ろに滑ったことで拡散してしまう。

「もう、いやあ……っ」

昂ぶりきった体が苦しい。中途半端な熱を持て余し、織江は涙ぐんで畳に顔を伏せる。

君彦は意地悪だ。織江はどんなに強引に体を暴かれても、酷い行為で啼かされてもかまわないと思っている。君彦がそれで満たされるのなら、織江も満たされる。けれど与えるものも与えずに放り出されるのは耐えられない。お腹の奥が切なくて、息もうまく吸えないくらいだ。肩を震わせてしゃくりあげると、後ろから君彦が覆い被さってきて背中が温かくなった。

「いい反応だよ、織江。それでいい」

織江の右耳にねっとりと口づけて、好ましそうに彼は言う。

「きみの内側はきっと今、最も興奮して感じやすくなってる。自覚させてあげようか」

淡い囁きを聞きながら、涙を零したときだった。蜜にまみれた入り口に、ずっしりとしたものが割り込んでくる。それは次の瞬間、一気に入り込んできて最奥の壁を打った。

「ひ……っうァ、っん、ヤぁあ……ッ!!」

びくびくっと腰が跳ね、目の前が真っ白になる。質量のあるものでみっちりと埋まったそこは、より窮屈に君彦自身を締め付けた。

「あ、あー……」

ひと突きで達してしまったのだと気づいたのは、内壁の痙攣が始まってからだ。肌に当たる畳の感触すら甘くて心地いい。触れられていない胸の先まで硬く尖って感じている。全身を大きく波打たせて快感に悶えていると、すぐ後ろで息を呑んだ気配がした。

「……ッ、予想以上、だよ」

自分の右の肩越しにゆっくりと振り向くと、君彦の顔が見える。汗ばんだ眉間にしわを寄せ、ふうっと塊の息を吐くさまも色っぽい。

「きみだけを導くつもりが、危うくぼくまで持っていかれるところだった」

どうにか本能の暴走を食い止めたという感じだ。彼もそれだけ感じてくれたのだと思うと嬉しい。いっそ、ひと突きで吐き出してくれても良かったのに。

乱れた息をする織江の右頬に口づけて、君彦は訳知り顔で笑う。

「格別だろう？　たっぷり虐められたあとにもらう、ご褒美は」

否定などできるわけもなかった。快感で朦朧としながら、織江は素直に頷く。お腹の中にまだ彼がいる。泣きじゃくるほどの焦れったさを味わったあとでは、ただ繋げられているというだけでぞくぞくするほど心地いい。

「きみ……ひこさん、も……」

畳の上の自分の手に左の頬をのせ、織江はうっとりと誘う。

「君彦さんも、私の体で……気持ちよく、なって」

同じだけの快感を彼にも味わってもらいたかった。彼が感じている様子をもっと見たい。力の入らなくなった腰を落とそうとすると、体を起こした君彦に阻まれる。左右から両手で腰を摑んで引き上げられ、屹立を蜜源の奥に擦り付けられる。

「欲しがるのが上手になったね……奥に全部、あげようか」

「ん、んっう……奥……」

確かめるように復唱して、ぼやけた思考でようやく意味を理解して、織江は微笑む。

「君彦さんの、いいように……して」

奥で果てるのがいいというのなら、そうしてほしい。肌を汚したいというのなら、全身全部どこを汚されてもいい。

織江が内側を締めて誘うと、君彦はうっすらと笑って前髪をかきあげた。

「……言ったね？」

腰を摑み直され、前触れもなく屹立を出し挿《い》れされる。がつがつと彼の腰をお尻に打ち付けられるたび、奥の壁を先端で突かれた。達したばかりの内側はまだ発散しきれていない熱に支配されていて、張り詰めたもので擦られるとあっという間に昂ぶる。

「あっあ、あ、っん、す、ごい、いいのっ……溶けあってる、みたい……っ」

声が途切れてしまうのは、体全体を揺さぶられているからだ。彼が自分の中で欲望を暴れさせているというだけで弾けてしまいそうなほどいい。

危ういまでの峻烈な快感も嬉しくて、織江は自ら四つん這いになった。彼が腰を打ちつけやすいように、お尻を少し高く上げて蜜口を差し出す。

「もっと、あなたの好きにして……っ、されたいの……！」

「ああ、まだだ……もっときみをめちゃくちゃにしたい……織江、おりえ……ッ」

腰をくねらせて激しい出入りを受け入れていると、彼の手が脚の付け根に伸びてきた。蜜で濡れた割れ目に指を挿れられ、膨れきった粒を捉えられる。

「ひぁ……っ」

「きみの体は良すぎる……想像の中で抱いていたより、ずっと」

濡れた花芯に指を押し付けられたら、腰を震わせずにはいられなかった。芯は硬く勃ち上がっていて、蜜に滑って逃げようとする。すると君彦は指を左右に揺らし、粒を根元から折るように刺激してくる。

「きみはこの十年間、見るたびに綺麗になって……早く堕とさなければ、すぐに手の届かないものになりそうで、焦って、それでもどうにもならなくて」

「あ、っんん、君彦さん……っ動いて、もっと……っ」

「でもきみは、ぼくがどれだけ卑しく抱いても……少しも汚れなかった。その清廉さは、無知や俗世離れの象徴じゃなかったんだ。きっと、これからもどんなことがあっても、変わらない……」

秘所への刺激に酔っていると、反対の手でふいにお尻を撫でられた。丸みを確かめるように触れられたと思ったら、蜜口より後ろにあるすぼみを指で押されて驚いてしまう。

「やぁっ……！」

そこに触れられるのは初めてではない。業正が住んでいた島で、背後から犯されたときに舐められて驚いた場所。織江はのけぞって逃げようとしたが、君彦の指はついてきて執拗にそこを弄った。

「ヤ、め……っ、そこは、いやっ」

「拒否は許さないと言ったはずだよ」

「でも、は、恥ずかしいの……見られるのも、弄られるのも」

「だからするんだよ。きみは恥ずかしいほうが感じるだろう？　大丈夫。今は怖くても少しずつ慣れて、快いようになるから」

直後に臀部に生暖かい液体を垂らされて、織江は体を硬くした。君彦の唾液だと気づいたのは、指先でぬるりと塗り広げられてからだ。それで後ろのすぼみをぬるぬると弄られ、反対の手で花弁の間の粒をつままれ、さらに張り詰めたもので荒々しく蜜口を掻き回されて、織江は高く喘ぐ。

「ンぁっ、あ、はぁっ、ア……もう、どこが快いのか、わからな……っ」

「全部がいいの？　それとも、快くないところがあるのか」

「ぜ……んぶ、いいの、弄られてるところ全部……っ」

やはり触れているのが君彦だからだと織江は思う。恥ずかしいはずの場所も、早々に感じて快くなり始めている。擦られている粒の付近からは透明な液が細かく散り始めていて、重点的に奥を突かれたら腰がふるっと震えた。

「あ、私、また……きて、る」

「ッく……いいよ、弾けたいだけ、弾けるといい」

「く、るっ……きちゃってるの……っぁ、あァあ……っ!!」

あっけなく弾けた織江の中を、君彦はより激しく出入りする。内壁が奥へと屹立を導こうとする動きを無視して、滅茶苦茶に。快感が鋭すぎて気を失ってしまいそうだ。それでも君彦に求められているのが幸せで、織江は腰を引かずになすがままにされていた。

「きみは今、ぼくなしでは生きられない体になっていっているんだ。わかるかい」

「ん……わか、るわ……嬉しい……」

「ぼくも嬉しいよ……」

君彦も織江と同様に、息を乱れさせて高みへ昇ろうとしていた。うねる織江の内壁に己を擦り付け、左右の手でそれぞれ織江の弱い部分を弄り続ける。

自分の体の中で昂ぶってゆく君彦が愛しくて、織江は振り返って右手を伸ばした。少しでも多く彼に触れたかった。

すると君彦は激しい動きを一旦やめて、織江の体を表に返す。接続はやや浅くなったが、膨張した男のものに内壁をぐるりと抉られるのは震えるほど良かった。

「き……みひこさん……」

どうか抱きしめさせてほしい。両手を広げて微笑むと、彼は余裕のない表情で覆い被さってきた。行き止まりの壁をゆったりと押し上げられて、織江は甘い吐息を漏らす。

「こういうとき、私から抱きしめるの……初めてね」

緩慢な動作で両手を君彦の首に回すと、君彦が頬をすり寄せてきた。額に優しく唇で触れる仕草は、愛しいものをやっと手にしたようだ。

「……織江、ぼくは」

呼ばれて見上げた視界には、泣き出しそうな顔の彼が映る。

どうしてそんな顔をしているのだろう。悲しいことがあるなら打ち明けてと言おうとすると、掠れた声が降ってくる。

「ぼくは、きみが好きだ」

予想外の告白に織江は目を見開いた。君彦の気持ちが意外だったわけじゃない。こんなふうに飾らない言葉で伝えてもらえるとは思っていなかったのだ。

「だけど、この感情は普通じゃない。大切にしたい、愛したいと思う反面で、壊したくて汚したくてたまらなくなる。もう理不尽に、きみが生贄にされることなどないとわかっていても……いびつで、醜い衝動がどうやっても消せない」

彼の唇からこぼれ出る告白は懺悔のようだ。そんなことはもうわかっている、と織江はかぶりを振る。取り繕わなくていい。君彦には君彦のままでいてほしい。

「それでも好きだ。自分では止められない。二度と、手放してやれない……！」

切なそうに唇を奪われると、胸がいっぱいで息も止まりそうだった。いびつだろうが醜かろうが、こんなふうに情熱をぶつけられて嬉しくないわけがない。

彼の舌は甘く、がむしゃらに体温を絡められると眩暈がした。織江は夢中で口づけに応えつつ、両腕で君彦をさらに近くに抱き寄せる。

もしも自分が生贄でも攫われた子供でもなく、本物の両親のもとで平和に育った少女だったら……君彦との出会いがあんなふうに劇的ではなく、ごくありふれたものだったら……想像して、そのときもきっと恋に落ちただろうと織江は思う。

たとえ「生きろ」と言葉にせずとも、彼はやはり織江に生きる理由をくれただろうから。

「わ……たし、あなたが思うよりずっと、あなたに救われてきたわ」

唇を離してからそう言って微笑むと、信じられないというふうに見つめられる。だが本当だ。織江は君彦に生きろと言われるまで、あんなふうに力強く生を肯定してくれる人に出会ったことがなかった。

「あなたの側にいるとね、私、未来が想像できるの。たとえば、毎日あなたにいってらっしゃいとお帰りなさいを言う未来……想像すると幸せすぎて、他の誰のためだとしても絶対に死ねないと思う」

「……織江」

「それに、こうして君彦さんとふたりきりで見知らぬ土地へ来ることは、私が八歳のとき、逃亡の先に望んだ夢よ。十年越しに、あなたが叶えてくれたの」

彼の前髪をかきあげて額に口づける。島の人や家族への複雑な感情はこれからも決して消えないだろう。君彦が自分のために罪を重ねるのではないかという不安もだ。それでも君彦がいてくれるだけで自分が今どれだけ幸せか、彼に伝わればいいと思った。

「きみは欲がないね。そんなこと、望まなくてもこれから毎日続いていく生活なのに」

「本当に？　私の夢、毎日叶えてくれる？」

「当然だろう」

ようやく笑った彼の表情はぎこちなかった。不器用で不慣れで美しくなくて、けれどそれが織江の目にはとても魅力的に映った。こんな顔を毎日見ていたい。明日も明後日も、その次もずっと。

「揺さぶるよ。摑まって」

君彦が腰を揺らし始めたから、織江は咄嗟に両脚を彼の胴に巻きつけた。せっかく触れ合わせた肌を少しでも離したくなかった。応じて、君彦は織江の肩に腕をまわし、抱き合ったままで腰を揺らしてくれる。激しい出し挿れも快かったが、繋がったまま内側に波を起こされるのは、深い部分で触れ合えていると実感できて胸が熱くなる。

「っ……君彦さ……、好き……」

彼の右耳に囁くと、もう一度言って、と淡く囁き返されて下腹の奥がじんとする。さんざん意地悪をしたあとにこれだけ優しい声を出すなんてずるい。

「言って。一度じゃ足りない。奇跡のようで……信じられないんだ」

「……好き。あなたが好き」

「まだ足りない。声が嗄《か》れるくらい、聞かせて」

「好きよ。私、このまま君彦さんと……家族になれたらいいのに……」

緩やかな動きの最中なのに、彼のものが内側で大きさを増すのがわかった。狭い蜜道を窮屈に押し広げ、彼の欲は今にも弾けそうになっている。好き、ともう一度囁くとそれはさらに顕著になって、織江の告白に反応しているのは明らかだった。自分の言葉が彼を喜ばせているのだと思うと嬉しい。

「……はぁ、っ……織江、もう……限界だ」

奥をぐりぐりと刺激しながら問われて、織江は頷く。両脚は彼の胴に巻きつけたままだ。君彦の好きなようにしてと言っておきながら、今はもう別の場所に吐き出してほしくなかった。一番深い部分で、彼のすべてを受け止めたい。

「きて、お願い……っ、奥に全部欲しい、のっ」

内側をひくつかせてねだると、汗ばんだ君彦の眉間にはより深いしわが寄る。

「織江……ッ」

無我夢中の口づけと、がむしゃらな出し入れに織江は悲鳴も上げられない。ただ、奥を連続してがつがつと突かれる鮮やかな快感に呑まれて溺れる。

「んんっ、ぅ……ん……ッ」

腰を打ちつけられるたび、織江の花弁の中の膨れきった粒まで潰され、刺激されていた。否応なく背がしなり、彼の動きに合わせて腰が動く。

（もっと……もっと奥に……）

すると一瞬、君彦が息を呑んだ。織江の奥の奥に自身の先端を押し付けると動きを止め、はあっと息を吐く。直後に内側で屹立が震える気配がすると、織江は期待に震えた。望み通り下腹部にどくどくと熱が広がって、幸福感のあまり内側から軽く弾ける。

「あ……あ……こんなに、たくさん……」

内壁がうねって、受け止めたものを飲み込んでゆく感覚は息を呑むほどいい。吐き出された場所より、もっと深い部分に彼の熱が届く。織江は微笑んで、それをひたすら吸い上げた。奥の奥まで彼に染められるのがたまらなく嬉しい。

「残さない、で……最後まで、きちんと私の中に、して……」

「……ッああ、おり、え……これで、ぜんぶ、だ」

君彦は体を少し揺らして、残滓まできちんと与えてくれた。彼の欲が残らず自分の中に吐き出されたのかと思うと、全身が愉悦に震える。それは鮮やかで絶対的な絶頂とは違い、ゆったりと穏やかに満たされるような快感だった。

織江は満たされて眠りに落ちようとしたのだが、舌の挿入を含む深い口づけで引き戻された。重い瞼を持ち上げると、微笑む君彦と目が合う。

「ん、んんっ……ふ……君彦さん……？」

「寝るには早いよ、織江。せっかく繋がったんだ。もっときみの中を堪能させてほしい」

そう言うなり、抱き上げられる。君彦の膝に正面から跨ることになった織江は当然のようにたじろいだ。こんな格好は恥ずかしい。しかし背中に腕を回され、右胸を頬張られたら、感じてしまって身動きが取れなくなった。

「や……あ、あんなに、出したばっかりなの、に」

右胸をしゃぶられながらきゅっと内側を締めると、張り詰めたものに押し返される。つい先ほど欲を吐き出したはずの君彦のものは、すでに勢いを取り戻していた。

「織江の所為だよ。きみが、家族になりたいなんていうから」

「んっ……だ、だって……」

本当になりたいと思ったのだ。ふたりで一緒に、同じものを背負って、同じ場所で新しい生活を始めたい。そのときこそ、やっと前に進める気がしたから。

「あの、恋人にしてもらったばかりなのに、私……ぜいたくを言ってしまった？」

ちらと見ると、君彦はわずかに弱った顔になる。やはり困らせてしまったみたいだ。するとこの行為はお仕置きなのかもしれない。ごめんなさいと言おうとすると、彼は汗ばんだ額を織江と合わせて口角を上げた。

「嫌だったわけじゃないよ。もしそうなら、織江の望み通りに中で果てたりしない」

「……本当？」

「ああ。ぼくまで想像させられてしまっただけだ。きみと紡ぐ、幸せな未来を」

膝の上で跳ね上げられ、織江は高い声を漏らして君彦の首にしがみつく。幸せな未来……というのは、つまり君彦も織江と家族になることを望んでいるのだ。それでもう一度抱いてくれているのだと思うと、涙が溢れた。

織江の体が上下するたび、体内に深々と差し込まれた男のものが擦れて内壁を刺激する。奥の壁を押し上げて、限界まで深く繋がろうとする。

「はっ……はぁ……っ君彦さん、はやく、お祖父様に、会わなきゃ……」

「どうしたの、こんなときに」

「早く、会わないと……順番が、逆になる、もの」

恋人だと紹介する前に家族が増える予定ができてしまう。それくらい、織江は自分で自分を制御できそうになかった。毎日側にいたら、きっと毎日触れずにはいられない。触れたら最後、彼の熱を受け止めなければ満足できない。そういう体に君彦がした。触れずにいたこのひと月の間に少しは感覚が薄れたと思っていたが、間違いだったみたいだ。

これほど淫らな実情が知れたら、祖父は怒るだろう。もしも厳格な人物なら、叱責は免れない。それだけならまだしも、孫娘を孕ませたとして君彦は殴られたりするかもしれない。ねだったのは織江なのだから、彼が責められるのは絶対に避けたいと思う。

「それも……いい手かもしれないよ」

織江の太ももを掴み、上下に揺さぶりながら君彦は言う。

「既成事実があれば、きみのお祖父様だってぼくたちの仲を認めざるをえないだろう」

「そう……かしら。でも、きっと、叱られるわ」

「ぼくは一向にかまわない。きみのぶんも、ぼくがお叱りを受ける。何発殴られても、何本骨を折られてもいい。それでも今……夢を、もっと、見ていたい」

内側のものはみるみる硬さを増して、織江の奥をさかんに突いていた。織江の中でも欲しい気持ちが膨らんで、どうしようもなくなってくる。

触れるのが怖いと感じていたのが嘘のようだ。そう考えてから、織江はふと思い至った。あれほど彼との触れ合いに臆病になっていたのは、罪悪感だけが原因なのではない。きっと心のどこかでわかっていたからなのだ。深く触れ合えばタガが外れて、とりとめもなくなってしまうことが。

「あ、っん、君彦さ、ん……これからは、死ぬまで一緒に……いてね」

君彦を畳に押し倒し、その上で自ら腰を振りながら織江は微笑む。たとえ祖父に反対されたって、君彦との仲を諦めない。駆け落ちしてでも一緒にいてみせる。すると下から乳房を摑まれ、やわやわと揉みながら言われた。

「甘いよ、織江」

「……え？」

「ぼくは死んだってきみから離れない。死んでからも、ずっと一緒だ」

蜜源に新たな欲の発露《はつろ》を与えられたのは、直後のことだ。反射的に織江は体を揺らし、自らも弾ける。内側は蜜でひたひたに濡れていたが、君彦が吐き出したものは奥の奥へと見事に吸い上げられ、一滴も溢れそうになかった。

びくびくと腰を跳ねさせて快感を貪る織江を、君彦は横に倒してすぐに組み敷く。

「このままもう一度……いいね？」

吐精した直後なのに屹立はまだ張り詰めたまま、次の到達を求めている。織江が頷くと、君彦は汗ばんだ前髪をかきあげてからゆったりと腰を振り始めた。応えて、織江も腰をくねらせる。波打つ胸の膨らみを、さりげなく彼の両手に握らせる。何度も弾け続けてきた織江の体は、もはや本人の意思に関係なく快感にだけ素直に従うようになっていた。

＊

「――よし、完成だわ」

三週間後、朝日が射し込む文化住宅の台所には織江が立っていた。

ひとり、腰に手をあてて頷く。目の前にはわっぱにきちっと詰めたお弁当がひとつ。箸を添えて、風呂敷に包む。室内を振り返れば、ちゃぶ台の上には煮物と焼き魚をおかずにした出来たての朝食が湯気を上げている。

「もう七時半よ。起きて」

織江は部屋の隅で膝をつき、布団に包まって眠る男の体を揺さぶる。平和そうに仰向けで横たわる彼は、ねぇ、と耳元で声を掛けても目を覚まさない。

「君彦さん、早く朝ごはんを食べないと冷めちゃうわ。お魚、美味しく焼けたのよ」

　それでも君彦は無反応だ。ひたすらに、すうすうと深い寝息を立てている。

　どうしたらいいのだろう。いつもは自分できちんと起きてくれていたから、起こし方がわからない。困り顔で頬に手をあて、織江は君彦の寝顔を見下ろす。

　やはり昨夜、無理をして真夜中まで抱き合っていたのが良くなかったのだろうか。残業続きだったし、まだ週半ばなのだし、織江だって自粛しようとは思っていたのだ。日が暮れて、ふたりで銭湯へ行くまでは。

　だが湯上がりに濡れ髪の君彦と手を繋いで歩いたら、耐えきれなくなってしまった。月の光に照らされる彼の横顔があまりにも綺麗で……自分のものだと確かめずにはいられなくなった。君彦の色気はふとしたときに強く表れるからタチが悪い。同棲を始めてからの三週間、抱き合わずに寝た夜はまだ二日しかない。

「ねえ、君彦さんってば。このままじゃ遅刻するから！」

　掛け布団を剝がして無理矢理起こそうとすると、唐突に右腕を引っ張られる。驚いて悲鳴を上げたら、彼の体の上にうつ伏せでのせられていた。

「……大丈夫、起きてるよ。きみが味噌汁を作り始めたあたりから、ずっとね」

「た、狸寝入りだったの？」

「ぼくのために料理をするきみを見ていたくて。嫌だった？」

　背中に手をまわして優しく問われては、責めることもできなくなってしまう。悪びれもしない彼に口づけを許し、しばし抱擁してから起き上がる。結局、ふたりで朝食を食べ始めたのは出発時間の十分前だった。

「じゃあ、行ってくるよ。今日の約束、忘れてないね？」

君彦は玄関に立つと、ネクタイの位置を直しながらそう聞いてくる。相変わらず背広姿が様になる人だ。通勤鞄《かばん》を差し出そうとしていた織江は見惚れかけ、慌てて頷いた。

「もちろんよ！　夕方の五時に君彦さんの勤め先のビルの前で待ち合わせでしょ。先週、お休みの日に場所も案内してもらったから大丈夫。ひとりでもちゃんと辿り着けるわ」

「そう？　待ってるから、くれぐれも気をつけておいで」

ええ、と答えて織江は君彦に茶色い革の鞄を渡す。

「……いよいよね、お祖父様との初めての対面」

今日、織江が君彦の勤め先を訪ねるのは祖父との会食があるからだ。一度、社内で顔合わせをしてから祖父の車で料亭へ向かうことになっている。祖父……母の父親はどんな人だろう。自分は祖父にとって及第点の孫だろうか。母のことや業正のこと、織江の本当の名前も教えてもらえるだろうか。そんなことを想像して緊張していると、勇気づけるように君彦が頭を撫でてくれた。

「大丈夫だよ、ぼくがずっと一緒にいるから。きみが心配することは何もない」

なんて心強い言葉だろう。織江は同棲後に君彦の勤め先がいかに規模の大きな企業であるかを知って恐れ入っていたのだが、彼さえ側にいてくれたら乗り切れる気がする。

「これ、お弁当。あの、作り慣れていないから、まだ上手ではないのだけど」

「いいや。織江の手料理は毎日なんだって美味しいよ。ありがとう。感謝してる」

そう言って頰に口づけをされると、顔全体が熱くなった。毎日こうしているのに、なかなかこれが日常生活の一部だと思えない。玄関を出る君彦を追いかけ、織江はサンダルを履いて建物の外まで彼を送っていく。これも毎朝の習慣、まるで新婚夫婦だ。

「いってらっしゃい！」

道に出たところで手を振って見送ると、幸福感で胸がいっぱいだった。角を曲がるときに彼が改めて手を振ってくれる仕草は、いつも、いつまでも見ていたいと思うもの。

（お祖父様にも、私たちの結婚を認めていただけますように）

そう願わずにはいられない。すると、君彦の姿がすっかり見えなくなった矢先に背後から声を掛けられた。

「陣宮司さんの奥さんだったね？」

「え、あ、はいっ」

織江は驚いて飛び上がるように振り返る。君彦とはまだ籍を入れていないのだが、体面上、周囲には妻だと言ってあるのだ。結婚前の男女がひとつ屋根の下で一緒に暮らしているというのはあまり世間体が良くない。それに、祖父の許可さえ下りればすぐにでも夫婦になる。だからまるきり嘘というわけでもないのだ。するとそこに立っていたのは文化住宅の向かいの家の老人だった。朝早くから植木の手入れをしている彼とは、君彦を見送るときによく顔を合わせる。

老人は難しい顔のまま、右手に持った茶色い紙の包みを織江に差し出してくる。

「奥さんにお届けものだよ」

「私に……？」

「ああ。今しがた、路地裏で会った男から預かったんだ。奥さんに渡してほしいって」

「そうでしたか。わざわざありがとうございます」

不思議に思いながらも、織江はお礼を言ってそれを受け取った。自分に届けものなんて初めてだ。誰からだろう……もしかして横須賀の人たちからだろうか。他に、ここの住所を知っている人間に心当たりはない。だがもし彼らのうちの誰かだとして、近所まで出向いていたのなら直接声を掛けてくれたらよかったのに。

首を傾げながら織江は包みを抱えて部屋に戻る。そして玄関先でそれを開封して、目を見開いた。

――これ。

包まれていたのは洋服だった。白い襟つきの、青い格子柄のワンピースだ。見覚えがないとは言えない。それは紛れもなく、業正の小屋に置いてきてしまった彼からの贈り物だった。添えられたカードには「桜子《さくらこ》へ」と書いてある。その名は母が着ていた着物の柄とぴったり合致して頭の中で響いた。

『桜子』

もしかして、これが自分の本当の名前。

「おとうさま……!?」

織江はワンピースを手にしたまま、部屋を飛び出す。階段を駆け下り敷地の外に出て、きょろきょろと周囲を見回す。信じられない。だってこれが自分のもとへ届けられるということは、このワンピースが織江のためのものだと知る人があの島へ行ったということだ。

織江が知る限り、心当たりはふたりしかいない。君彦と業正だ。だが君彦はあのとおり多忙で、仕事を抜け出してまで海を渡ったとは考えられない。それに部屋でずっと狸寝入りをしていた今朝、向かいの家の老人にこれを預ける暇などなかった。

するとおのずと答えは導き出される。これを届けてくれたのは――業正だ。

(……生きていたの……?)

胸にワンピースを抱きしめ、織江は文化住宅の前で立ち尽くす。

直接渡してくれなかったのは、罪の意識からだろうか。島民全員を殺害したことや、織江を君彦に託してひとりで仇討ちを決行したことへの。

それでも実父がこの世に生きているという奇跡に、織江は感謝せずにいられなかった。妻のあとを追うと言っていたが、思いとどまってくれた。しかも彼は織江が君彦と夫婦同然の生活をしていると知っている。自分の幸せを、父は見届けてくれている。

――いつかは、会えると思っていいのね。

今はまだ難しいかもしれない。彼の罪がそれを一生許さない可能性もある。けれどいつの日か一目でもいいから会いたい。会える日が来ると、信じていたい。

部屋に戻ってワンピースを衣紋掛けにぶら下げ、嬉しい気持ちで食器の後片付けを始める。それが済んだら布団を干し、小さなほうきで部屋の掃除をした。続いて共同の洗い場で洗濯物を済ませると、あっという間に正午だ。

開け放した窓の横でおにぎりを頬張り、織江はようやく一息つく。風通しの良い部屋には、青空がそのまま流れ込んでくるみたいだ。爽やかで、気持ちがいい。

そして風に揺れる青い格子柄のワンピースを眺めながら、ふと思った。

（あの、箱）

織江が抱かずに投げ出してきた、マレビト様の呪いの『箱』はどうなっただろう。火事の火で焼けてしまっただろうか。だが、織江にはあの箱の焼失する様がどうしても想像できなかった。それもそのはず『箱』は千年以上も前から地中にあり、何度も埋めたり掘り出したりされていたのに、傷ひとつなく輝きも失われていない奇妙な品だったのだ。

もしまだ島のどこかにあの『箱』が存在するとして、マレビト様の呪いはもう解けたのだろうか。島民がほぼ全員死んだことで、彼の怒りも鎮まっただろうか。

それとも――新たな犠牲を求めて今も蓋は開いているのだろうか。

想像して、軽く身震いをした織江は窓を半分ほど閉めた。そこへ、湿った風が一気に吹き込んでくる。びゅうっと音を立てて、織江の細い髪を吹き上げる。

今夜、ひと雨くるかもしれない。そうしたらふたりで身を寄せて帰ってこようと、織江はまだ一本しかない傘を戸口にそっと立てかけた。

エピローグ

彼女を、初めて部屋に連れて帰った夜のことだ。

寝息が聞こえた。安心しきった、幼子のような寝息だ。

幻聴かと思いつつも、君彦は腕の中の織江を見下ろした。彼女の内側はまだ弾けた余韻にひくついていて、君彦のものは深々と差し込まれたままだ。けれど織江は糸が切れたようにくたりと四肢を投げ出し、すっかり寝入ってしまったようだった。

「……無防備すぎるよ」

君彦は肩を揺らしてくくっと笑い、眠りこけている織江の額に口づける。

眠っている間に、もっと淫らな真似をされたらどうするつもりなのか。手加減なしで抱いたし、まだこれで終わりにする気もないのに。しかし想像してみると、たとえどんな無茶をしても織江は許してくれる気がした。君彦さんならいいわ、と甘いことを言って。

やっと振り向いたと思ったら人生丸ごと預けようとしてくれるなんて、彼女には警戒心というものがないのだろうか。なにしろ相手は君彦だ。タチの悪い男に搦め捕られたと憎々しくは思わないのか。

(きみはまったく、どうかしている)

ため息をつかずにはいられない。

故郷の島を出るとき、君彦は覚悟を決めていた。計画はすっかり元どおりになった。自分がこの先織江にしてやれることは、死して彼女の人生をリセットしてやることだけ。そうして彼女の記憶に自分を刻みつけるくらいしか、君彦には幸せになる手段がなかった。だが織江は幼かった頃以上に、君彦を必要としてくれた。家族になりたいと……君彦の人生を丸ごと受け止めてくれた。こんなふうに懐かれたら、可愛くて可愛くて、ますます手放せなくなるじゃないか。

永遠に抱きしめていたいのはやまやまだったが、君彦はそっと織江を畳の上に下ろし、自身を抜き取って起き上がる。それから押し入れの布団を引っ張り出し、部屋の隅に敷いて、そこに織江を再びそうっと移動させた。

――色々と、片付けなければならないことがあるな。

織江の体の右側、窓のある壁際に添い寝した君彦は、左肘をついて枕にしつつ考える。

まずは戌井の屋敷の始末だ。織江の叔父……業正の妻の仇が所有していた屋敷。調べたところによると、あの屋敷はマレビト様への生贄にふさわしい女児を攫っては一旦留め置き、島へ連れ去るまでの拠点となっていたらしい。織江も母親から引き離されたあと、連れて行かれた場所だ。考えただけでいまいましいし、残しておくわけにはいかない。

跡形もなく、消してしまわなければならない。

それから、横須賀で織江が身を寄せていた自転車屋……彼らにはしっかりとした口止めが必要だ。もしも、織江があの島からやってきたという事実に勘づいていたらまずい。なにしろ織江は大財閥の血統。直系企業の会長を祖父に持つ令嬢だ。後ろ暗い過去があっては、のちのち躓《つまず》くこともありうるからだ。織江の幸せは、誰にも阻害させない。

そして、最も警戒して処理しなければならないのは会長のことだ。

会長……織江の祖父は織江に家を継がせたがっている。会う前から彼女に見合い相手が用意されているのは、そのためだ。すると、考えられる事態はひとつ。

君彦がお払い箱になる日は近い。社内で優遇してやるから織江からは手を引け、と。

——簡単に引き下がってやるつもりはないが。

君彦は布団を引っ張り出したばかりの、押し入れの右の襖を見つめる。わずかに閉め切れなかった襖の隙間からは、黒っぽい風呂敷包みが見える。

中に入っているのは、重要書類だ。会長を含む会社の上層部が不正を働き、不当な利益を得ている証拠となるもの。就職して以降、勤勉なふりをして残業や休日出勤を重ね、そのたびに少しずつ収集した。

会長が織江の意思を汲み、君彦を婿として受け入れるというのならあれは使わない。すぐに処分して、見なかったことにする。だがもしも会長が織江の意思を無視し、他の男との縁談を進めるつもりなら……容赦はしない。

（誰にも、ぼくたちの仲を邪魔させない。二度と、引き離されたりなどしない）

君彦は右手の指で眠る織江の髪を梳き、毛先を口もとに寄せる。髪の毛一本だって、他の人間には譲りたくない。すべて自分のものだ。できることなら、一生自分以外の人間の目に届かない場所に閉じ込めて愛で尽くしたいほどに。

「忘れないで、織江」

細い髪の先に口づけたまま、君彦は小さく囁く。

「きみを独占するためなら、ぼくはなりふりなんてかまわない。罪ならば、すでにいくつも背負っている。今更、怖いものなんてないんだよ」

肩を抱いて引き寄せると、彼女は小さく声を上げた。言葉にならない、猫の鳴き声のような声だ。丸めた手で顔をこする仕草も猫のようで、抱きしめずにはいられない。

掛け布団にふたりで包まったら、これ以上欲しいものなんて思い浮かばなかった。小さな布団が敷かれた小さな部屋は今、ふたりだけの幸福な『箱』だった。


【了】

あとがき

こんにちは、斉河《さいかわ》です。今作をお手に取ってくださってありがとうございます。和風の伝承ものを、との編集さんとのお話から始まり、今回はこのような仕上がりになりました。捨て身系ヒーローと高潔なヒロイン。楽しく書いていたら久々にページ数をオーバーしてしまい、削るのに四苦八苦……でもどうにか収まってよかったです！

実は織江の兄が活躍するエピソードもあったのですが、兄がかっこよすぎるとのことでカットになっていたりします。思えばヒーローが霞《かす》みかねないシーンでした……。あまり出番のない兄ですが、個人的には、織江への気持ちがほんのりとなんとなく背徳の匂いがするようなしないようなやっぱりするような、ぎりぎりの気分で書いていました。

イラストを担当してくださった岩崎陽子《いわさきようこ》先生、今回もムードたっぷりの美しい作品で飾ってくださってありがとうございました。担当編集のY様にも毎度のことながらお世話になりました。相変わらずタイトルがつけられない私ですがこれからもよろしくお願いします。

最後に、ここまでお付き合いくださった皆様に改めて感謝申しあげます。また、機会がありましたらお付き合いいただけると嬉しいです。

二〇一五年八月吉日　斉河燈《とう》

ソーニャ文庫

この本を読んでのご意見・ご感想をお待ちしております。

◆ あて先 ◆

〒101-0051
東京都千代田区神田神保町2-4-7 久月神田ビル7階
㈱イースト・プレス　ソーニャ文庫編集部
斉河燈先生／岩崎陽子先生

匣庭《はこにわ》の恋人《こいびと》

2015年10月4日　第1刷発行

著　　者　斉河燈《さいかわとう》
イラスト　岩崎陽子《いわさきようこ》
装　　丁　imagejack.inc
D　T　P　松井和彌
編集・発行人　安本千恵子
発　行　所　株式会社イースト・プレス
〒101-0051
東京都千代田区神田神保町2-4-7 久月神田ビル8階
TEL 03-5213-4700　　FAX 03-5213-4701
印　刷　所　中央精版印刷株式会社

ISBN 978-4-7816-9563-1
定価はカバーに表示してあります。